文春文庫

絵草紙

新・秋山久蔵御用控（二十）

藤井邦夫

文藝春秋

目次

おもな登場人物

秋山久蔵　南町奉行所吟味方与力。〝剃刀久蔵〟と称され、悪人たちに恐れられている。心形刀流の遣い手。普段は温和な人物だが、悪党に対しては情け無用の冷酷さを秘めている。

神崎和馬　南町奉行所定町廻り同心。久蔵の部下。

香織　久蔵の後添え。亡き先妻・雪乃の腹違いの妹。

大助　久蔵の嫡男。元服前で学問所に通う。

小春　久蔵の長女。

与平　親の代からの秋山家の奉公人。女房のお福を亡くし、いまは隠居。

太市　秋山家の奉公人。おふみを嫁にもらう。

おふみ　秋山家の女中。ある事件に巻き込まれた後、秋山家に奉公するようになる。

幸吉　〝柳橋の親分〟と呼ばれた弥平次の跡を継ぎ、久蔵から手札をもらう岡っ引。

お糸　隠居した弥平次の養女で、幸吉を婿に迎えて船宿『笹舟』の女将となった。息子は平次。
弥平次　女房のおまきとともに、向島の隠居家に暮らす。
勇次　元船頭の下っ引。
雲海坊　幸吉の古くからの朋輩で、手先として働く托鉢坊主。ほかの仲間に、しゃぼん玉売りの由松、蕎麦職人見習いの清吉、風車売りの新八がいる。
長八　弥平次のかつての手先。いまは蕎麦屋『藪十』を営む。

絵草紙

新・秋山久蔵御用控（二十）

第一話

絵草紙

一

早朝の町には、仕事に行く者たちが足早に行き交っていた。

南町奉行所定町廻《じょうまちまわ》り同心の神崎和馬《かんざきかずま》は、八丁堀《はっちょうぼり》の組屋敷に迎えに来た下っ引の勇次《ゆうじ》と浅草御厩河岸《あさくさおんまやがし》に急いだ。

勇次は、和馬を誘《いざな》って蔵前通りを進んだ。そして、公儀米蔵の前を通って北の外れにある脇道に曲がった。

脇道の突き当りには、大川の流れがあり御厩河岸があった。

和馬と勇次は、脇道を御厩河岸に進んだ。

御厩河岸には船着場があり、浅草御蔵寄りの茂みの傍では船頭や渡し舟の客たちが恐ろしそうに囁《ささや》き合っていた。

「済まねえ。ちょいと退いてくれ……」

勇次は、恐ろしそうに囁き合っている客たちに声を掛けて茂みに進んだ。

和馬は続いた。

「和馬の旦那。御苦労さまです」

岡っ引の柳橋《やなぎばし》の幸吉《こうきち》は、町役人《ちょうやくにん》たちと和馬を迎えた。

「やあ。柳橋の。仏さんは……」

「此方《こちら》です……」

幸吉は、和馬を茂みの先に誘った。

茂みの先には、筵《むしろ》を掛けられた死体があった。

「仏さん、拝ませて貰《もら》おうか……」

「はい……」

幸吉は、死体に掛けられた筵を捲《めく》った。

背の高い若い浪人の死体があった。

和馬は手を合わせた。

「背中を刺されています」

幸吉は、若い浪人の血に塗《まみ》れた背中を和馬に見せた。

「後ろから刺したか……」

和馬は眉をひそめた。

「ええ。それも二度、三度……」

幸吉は、厳しい面《おも》持ちで告げた。

「刀を抜く間も与えずか……」

和馬は、若い浪人の刀が抜かれていないのを見定めた。

「ええ。不意を突いたようですね……」

幸吉は読んだ。

「うむ。殺《や》ったのは力の弱い奴か、腕に覚えのない野郎……」

和馬は読んだ。

「きっと小狡《こずる》い卑怯《ひきょう》な奴ですよ」

幸吉は睨《にら》んだ。

「うむ。で、仏さんの名と素姓、分かっているのか……」

「そいつは未《ま》だですが、殺されたのは昨夜遅くとなると、住まいは此《こ》の界隈《かいわい》かもしれねえってんで、新八《しんぱち》と清吉《せいきち》が聞き込みに走っています」

幸吉は告げた。

「うむ……」

和馬は頷《うなず》いた。

猪牙舟《ちょきぶね》は、櫓《ろ》の軋《きし》みを長閑《のどか》に響かせて大川を通って行った。


南町奉行所の用部屋の庭には、木洩れ日が揺れていた。

「して和馬。若い浪人、仏の名と素姓は分かったのか……」

南町奉行所吟味方与力《ぎんみがたよりき》の秋山久蔵《あきやまきゅうぞう》は、和馬に尋《たず》ねた。

「はい。新八と清吉が界隈を聞き廻って突き止めて来ました」

「そいつは上出来だ」

「ええ。仏の名前は山岡倫太郎《やまおかりんたろう》。歳は二十二、三歳。御厩河岸近くの駒形町《こまがたちょう》の椿《つばき》長屋で一人暮らしです」

「生業《なりわい》は何だ……」

「亡くなった親の代からの浪人でして、生業が何かは、はっきりしないそうです」

和馬は首を捻《ひね》った。

「はっきりしないか……」

久蔵は眉をひそめた。

「はい。訊く処に因《よ》れば、決まった仕事もなく、ふらふらしていたそうですが、金廻りは悪くなかったそうですよ」

「金廻りは良いか……」

「ええ。金親《かねおや》でもいるんですかね」

「うむ。ひょっとしたら、その辺りに殺された理由があるのかもな……」

久蔵は頷いた。

柳橋の幸吉は、勇次に、殺された若い浪人の山岡倫太郎の身辺を洗わせた。

勇次は、新八や清吉と山岡倫太郎の遊び仲間や知り合いを捜した。

山岡倫太郎は、同じ年頃の浪人や旗本の倅《せがれ》、遊び人たちと付き合っていた。

勇次、新八、清吉は、山岡倫太郎の浪人仲間の岡林文之助《おかばやしぶんのすけ》を見付け、聞き込みを掛けた。

「山岡倫太郎か……」

岡林文之助は、山岡倫太郎が殺されたのに驚きながらも、微《かす》かな侮《あなど》りを過《よぎ》らせた。

「ええ。誰かに恨《うら》まれていたって事はありませんかい……」

勇次は尋ねた。

「さあて、倫太郎はやっとうの方はそこそこだが、荒事《あらごと》より舌先三寸の優男《やさおとこ》でな……」

「舌先三寸の優男……」

勇次は眉をひそめた。

「その辺りで騙《だま》された者が恨んでいるかもしれないな……」

「騙された者ですかい……」

「ああ。女が多いだろうな」

岡林は苦笑した。

「女……」

「ああ。倫太郎は女に優しくて忠実《まめ》な奴でな。女をその気にさせて小遣いを貰っていたよ……」

「じゃあ、その気になった女が金を貢《みつ》ぎ、騙されたと恨んで……」

勇次は読んだ。

「勇次の兄貴、女なら仏さんも油断して……」

新八は睨んだ。

「背中を向けたか……」

「ええ……」

新八は頷いた。

「で、二度、三度、刺した……」

清吉は読んだ。

「うん。で、岡林さん、山岡倫太郎さんとそんな拘《かか》わりのある女、御存知ですかい……」

勇次は訊いた。

「さあて、女の事はいつも連《つる》んでいた遊び人の鶴吉《つるきち》にでも訊くんだな」

岡林は苦笑した。

「遊び人の鶴吉ですかい……」

「ああ……」

「鶴吉、家は何処《どこ》ですかい……」

「家は山谷堀《さんやぼり》に架《か》かっている山谷橋の袂《たもと》にある堀端《ほりばた》長屋だと聞いた事があるが、普段は浅草寺《せんそうじ》の境内《けいだい》をうろうろしているぜ」

岡林は告げた。

「新八、清吉、浅草寺だ……」

勇次は促《うなが》した。

「合点です」

新八と清吉は、浅草寺の境内に急いだ。

勇次は、岡林の知っている山岡倫太郎の交友関係を訊き続けた。

金龍山《きんりゅうざん》浅草寺は参拝客で賑《にぎ》わっていた。

新八と清吉は、顔見知りの茶店の老亭主に駆け寄った。

「父っつあん、浅草寺の境内に、鶴吉って遊び人がいるって聞いたけど、知っているか……」

「ああ。鶴吉ならさっき迄《まで》、うろうろしていたぜ……」

亭主は、店先に出て来て行き交う人を眺《なが》めた。

「どうです。いましたか……」

「いないな。遊び人の鶴吉……」

亭主は眉をひそめた。

「そうですかい。清吉、俺は山谷橋の袂にある堀端長屋に行ってみる。此処《ここ》を頼んだ」

新八は、清吉に言い残して花川戸町《はなかわどちょう》に走った。

「鶴吉、どうかしたのかい……」

「う、うん。処で鶴吉ってのは、山岡倫太郎って若い浪人と連んでいたそうですが、知っていますか……」

清吉は、茶店の亭主に聞き込みを続けた。

新八は、浅草寺の東門から浅草花川戸町に出て浅草聖天町《しょうでんちょう》から山谷堀に架かっている山谷橋に急いだ。

山谷橋の袂で、新八は棒手振《ぼてふ》りの魚屋に堀端長屋の場所を尋ねた。

堀端長屋は、山谷堀沿いにある古い長屋だった。

新八は、木戸を潜《くぐ》って堀端長屋に入った。

堀端長屋の井戸端では、二人の中年のおかみさんたちがお喋《しゃべ》りをしていた。

新八は、鶴吉の家が何処か尋ねた。

中年のおかみさんたちは、木戸近くの家を指差し、鶴吉の家だと云《い》った。

新八は、鶴吉の家に駆け寄り、腰高《こしだか》障子を叩《たた》いた。

「鶴吉さん。鶴吉さん……」

新八は、腰高障子を叩いて鶴吉の名を呼んだ。

だが、鶴吉の家から返事はなかった。

「留守か……」

新八は見定めた。

「鶴吉、いないのかい……」

中年のおかみさんが、井戸端から声を掛けて来た。

「ええ。何処に行ったか分かりますか……」

新八は訊いた。

「居留守かもしれないよ……」

中年のおかみさんは笑った。

「居留守……」

新八は眉をひそめた。

「ああ。借金取りが来るからねえ……」

「そうですかい……」

新八は、腰高障子を開けてみた。

腰高障子は開いた。

新八は、腰高障子を開けて中を覗《のぞ》いた。

薄暗い家の中の壁際には、蒲団《ふとん》を被って眠っている男がいた。

鶴吉……。

新八は見定め、井戸端にいる中年のおかみさんたちに笑い掛けて家に入った。

「鶴吉さん……」

新八は、眠っている鶴吉を揺り動かした。

「えっ。ええ……」

鶴吉は、眼を覚ました。

「やあ。眠っていた処を済まないな」

新八は笑い掛けた。

「何だ。お前は……」

鶴吉は、新八に警戒の眼を向けた。

「俺は柳橋の幸吉の身内でね……」

「えっ。柳橋の親分さんの……」

鶴吉は、岡っ引の柳橋の幸吉を知っていた。

「ああ。ちょいと訊きたい事があってね」

「何ですかい……」

鶴吉は、酒臭い息を吐いて起き上がった。

「昨夜遅く、浪人の山岡倫太郎さんが御厩河岸で殺されてね」

新八は、鶴吉を見据えた。

「えっ。山岡倫太郎が……」

鶴吉は驚き、顔色を変えた。

「ああ……」

「誰に、どうして……」

鶴吉は、声を引き攣《つ》らせた。

山岡倫太郎が殺された事を知らなかった……。

新八は、鶴吉の驚きに嘘偽りは感じなかった。

「そいつを調べているんだ。山岡倫太郎、誰かに恨まれているって事はなかったか……」

新八は苦笑した。

「山岡倫太郎を恨んでいた奴ですか……」

鶴吉は、声を微かに震わせた。

「ああ……」

「さあ、そいつは良く分からないけど……」

鶴吉は首を捻った。

「浪人仲間の岡林文之助さんの話じゃあ、倫太郎は、女に優しくて忠実《まめ》な優男、騙されたと思っている女が多いそうだな……」

新八は訊いた。

「じゃあ、山岡倫太郎が付き合っていた女ですかい……」

「そうなるな……」

「さあて、いろいろ噂はあるけど、倫太郎、本当は年増好きでしてね」

鶴吉は、強張《こわば》った笑みを浮かべた。

「年増好き……」

新八は眉をひそめた。

「ええ。近頃は粋《いき》な形《なり》の年増と付き合っているって話ですぜ」

「粋な形の年増ってのは、何処の誰かな……」

「さあ。そこ迄は……」

鶴吉は、再び首を捻った。

「聞いていないか……」

「ええ……」

鶴吉は頷いた。

「そうか……」

殺された山岡倫太郎は、粋な形の年増と付き合っていた。

新八は知った。

殺された浪人山岡倫太郎は、年増好きの男であり、最近では粋な形の年増と付き合っていた。

粋な形の年増は、山岡倫太郎殺しの何かを知っているかもしれない……。

和馬と幸吉は、勇次、新八、清吉の他に雲海坊《うんかいぼう》と由松《よしまつ》も聞き込みに走らせた。

しかし、山岡倫太郎の周囲に粋な形の年増は浮かばなかった。

「そうか。粋な形の年増、浮かばないか……」

久蔵は眉をひそめた。

「はい。柳橋の皆が毎日、探索に歩き廻ってくれているのですが……」

和馬は苛立《いらだ》った。

「苛立つな和馬。お前が苛立てば、柳橋たちも焦《あせ》る。間違いの元だ……」

久蔵は、厳しく諭《さと》した。

「はい……」

和馬は頷いた。

山岡倫太郎殺害事件は、新たな手掛かりや事実は浮かばず、何の進展もなかった。

夕陽は沈んだ。

八丁堀岡崎町《おかざきちょう》の秋山屋敷は、夜の闇と静けさに覆われていた。

秋山屋敷では、主従揃っての夕食が始まっていた。

秋山家では先代久右衛門《きゅうえもん》が没後、一人残った久蔵が与平《よへい》お福《ふく》の下男夫婦と一緒に食事をした。以来、秋山家では家族と奉公人たちが一緒に食事をするのが普通になった。

久蔵を中心に香織《かおり》、大助《だいすけ》、小春《こはる》、与平、太市《たいち》、おふみの夕食は静かに進んだ。

「母上、お代わりをお願いします」

大助は、母親の香織に空になった茶碗を差し出した。

「はい……」

香織は、渡された空の茶碗に飯を盛り、大助に返した。

「ありがとうございます」

大助は、汁を啜《すす》って飯を食べた。

「大助、近頃、何か変わった事はないか……」

久蔵は尋ねた。

「えっ。変わった事ですか……」

大助は、戸惑いを過らせた。

「うむ……」

「別にありませんが。そうだ、父上、御厩河岸で浪人の山岡倫太郎を背後から突き刺した奴、本当に三味線堀《しやみせんぼり》の旗本、大原喬之進《おおはらきようのしん》なんですか……」

大助は、飯を食べながら尋ねた。

「何だと……」

久蔵は、大助が山岡倫太郎を殺したのが三味線堀の旗本大原喬之進かと云い出したのに驚いた。

旗本大原喬之進の名は、和馬や柳橋の探索にも浮かんでいない名前なのだ。

「大助さま、そいつを誰に……」

太市は、和馬や柳橋の幸吉たちの探索の進み具合を知っていた。

「えっ……」

大助は、箸《はし》を止めた。

「御厩河岸で若い浪人を背後から刺した奴が三味線堀の旗本、大原喬之進だと誰に聞いたのだ」

久蔵は、大助を見据えた。

「え、それは……」

大助は狼狽《うろた》えた。

「きっと、絵草紙《えぞうし》ですよ」

小春が告げた。

「小春……」

大助は、腹立たしげに小春を睨んだ。

「絵草紙……」

太市は戸惑った。

「ええ。兄上、近頃、絵草紙ばかり読んでいるんですよ」

小春は云い付けた。

「小春……」

大助は慌てた。

「大助、絵草紙を読んでいるのか……」

「は、はい……」

「じゃあ、その絵草紙に御厩河岸で若い浪人を刺したのは、三味線堀の旗本大原喬之進と書いてあるんですか……」

太市は睨んだ。

「は、はい。そうです」

大助は頷いた。

「大助、その絵草紙、いつ何処《どこ》で買ったのだ」

久蔵は尋ねた。

「昨日、元浜町《もとはまちよう》の地本《じほん》問屋で……」

大助は、恐ろしそうに告げた。

「よし。その絵草紙、見せて貰おう。急いで持って参れ」

久蔵は命じた。

「は、はい。只今《ただいま》……」

大助は、茶碗の残り飯を掻《か》き込んで自室に急いだ。

「旦那さま……」

香織は、心配そうに久蔵に視線を向けた。

「うむ。大助が読んだ絵草紙の話、どうやら今、和馬や柳橋が追っている殺しの一件と同じかもしれぬのだ」

久蔵は眉をひそめた。

「まあ……」

香織は驚いた。

「流石《さすが》は大助さま。賢い、賢い……」

与平は、眼を細めて大助を誉《ほ》めた。

「さあ、与平の小父《おじ》さん、温かいお茶ですよ」

おふみが、与平に茶を勧めた。

「うん。ありがとう、おふみちゃん……」

与平は、おふみから渡された温かい茶を啜った。

「よし。太市、大助を私の部屋にな……」

久蔵は座を立った。

二

燭台《しょくだい》の火は揺れた。

久蔵は、大助が持参した絵草紙を読み始めた。

絵草紙とは、絵を主体にした平仮名で書かれた庶民の読み物だった。

大助と太市は、緊張した面持ちで久蔵が絵草紙を読み終わるのを待った。

平仮名ばかりの文章は読み難《にく》い……。

久蔵は、絵草紙を読んだ。

絵草紙の題名は、『外道旗本惨殺地獄《げどうはたもとざんさつじごく》』であり、若い二枚目浪人の山岡倫太郎が三味線堀の傍に住む狡猾《こうかつ》な旗本大原喬之進に女の事で恨みを買い、御厩河岸で騙し討ちに遭《あ》う物語だった。

「山岡倫太郎に大原喬之進か……」

久蔵は、読み終えた絵草紙『外道旗本惨殺地獄』を太市に渡した。

太市は、急いで読み始めた。

「して大助、此の絵草紙、昨日元浜町の地本問屋で買ったのだな」

「はい。学問所で面白いと噂になっていて……」

「噂……」

「はい。大原喬之進なら遣《や》りかねないと……」

「ならば、大原喬之進なる狡猾な旗本、本当にいるのか……」

大助は告げた。

久蔵は眉をひそめた。

「はい。去年迄、学問所に通っていた三味線堀の傍に屋敷を構えている旗本大原家の部屋住みです……」

「その者が山岡倫太郎を騙し討ちにしたと名指しした絵草紙か……」

久蔵は、厳しさを滲《にじ》ませた。

「はい……」

「書いたのは閻魔亭鬼麿《えんまていおにまろ》か……」

久蔵は、太市の読んでいる絵草紙を見詰めた。

「はい……」

大助は頷いた。

「戯作者《げさくしゃ》閻魔亭鬼麿は筆名。正体は何処の誰なんですかね……」

太市は、絵草紙を読み終えた。

「うむ……」

「それにしても、山岡倫太郎さんを騙し討ちにしたと名指しされた大原喬之進さん、堪《たま》りませんね」

太市は眉をひそめた。

「ああ。そいつが本当なのかどうか……」

久蔵は頷いた。

浪人山岡倫太郎殺しは、閻魔亭鬼麿によって絵草紙『外道旗本惨殺地獄』が書かれ、思わぬ展開を見せ始めた。

絵草紙『外道旗本惨殺地獄』は、戯作者閻魔亭鬼麿によって書かれ、地本問屋『鶴喜《つるき》』から売り出されていた。

久蔵は、和馬と柳橋の幸吉に絵草紙『外道旗本惨殺地獄』の存在を教えた。

和馬と幸吉は、直《す》ぐに絵草紙『外道旗本惨殺地獄』を読み、書かれている事に驚いた。

「和馬の旦那……」

幸吉は、緊張しながらも行き詰った探索の糸口が出来たのに安堵《あんど》した。

「うむ。先《ま》ずは三味線堀の旗本大原喬之進だな……」

「ええ……」

幸吉は、勇次、新八、雲海坊を三味線堀の旗本大原屋敷に行かせ、喬之進を見張り、その身辺を洗うように命じた。

「で、戯作者の閻魔亭鬼麿の本名と素性を突き止め、山岡倫太郎殺しが何故に大原喬之進によるものだと絵草紙に書いたかだ……」

和馬は告げた。

「じゃあ、先ずは地本問屋の鶴喜に行ってみますか……」

幸吉と和馬は、由松と清吉を従えて浜町堀《はまちょうぼり》は元浜町にある地本問屋『鶴喜』に急いだ。


三味線堀の水面《みなも》は煌《きら》めき、大名旗本屋敷が取り囲んでいた。

勇次、新八、雲海坊は、旗本の大原家の屋敷を探した。

出羽国久保田藩《でわのくにくぼたはん》江戸上屋敷の向かい側、三味線堀の北側には幾つかの旗本屋敷が並んでいる。その一つの旗本屋敷の前には、若い侍や浪人、町方の者などが集まり、囁き合っていた。

「どうやらあそこだな、大原屋敷は……」

雲海坊は、若い侍や町方の者が集まっている旗本屋敷を眺めた。

「外道旗本惨殺地獄を読んだ連中の見物ですか……」

新八は苦笑した。

「おそらくな……」

雲海坊は頷いた。

「じゃあ新八、大原喬之進がどんな奴か聞き込みを掛けるぜ。雲海坊さん、此処を頼みます」

「ああ、引き受けた」

雲海坊は、経を読みながら集まっている者たちに近付いて行った。

勇次と新八は、聞き込みに向かった。


浜町堀の流れは緩やかだった。

地本問屋『鶴喜』は、元浜町の外れ、浜町堀に架かっている汐見橋《しおみばし》の西詰にあった。

地本問屋とは、草双紙《くさぞうし》類や浮世絵などを出版・販売をする商売だ。

地本問屋『鶴喜』の店先では、針稽古帰りの娘たちが賑やかに役者絵選びをしていた。

幸吉は、由松と清吉を地本問屋『鶴喜』の評判の聞き込みに走らせ、和馬と暖簾《のれん》を潜った。


和馬と幸吉は、番頭の伝兵衛《でんべえ》に座敷に通され、出された茶を啜った。

「お待たせ致しました……」

番頭の伝兵衛が、肥った初老の旦那と入って来た。

「鶴喜の主の喜三郎《きさぶろう》にございます」

肥った初老の旦那が名乗り、和馬と幸吉に挨拶をした。

「私は南町奉行所定町廻り同心の神崎和馬、こっちは岡っ引の柳橋の幸吉……」

和馬は名乗り、幸吉を引き合わせた。

「神崎さまと柳橋の親分さんですか……」

「うむ……」

「で、御用は絵草紙の外道旗本惨殺地獄ですか……」

喜三郎は、先を読んだ。

「うむ。絵草紙で御厩河岸で殺される山岡倫太郎、本当にあった事件の場所と被害者の名や身分が同じなのは知っているね」

和馬は、喜三郎を見据えた。

「はい。それはもう。でなければ、絵草紙は売れませんので……」

喜三郎は、絵草紙が売れたのを誇るかのように笑った。

「知っての事か……」

「はい……」

「ならば、殺したのが三味線堀に住む旗本大原喬之進だと云うのも本当なのか

「そいつは。手前も本当に大原喬之進さまと仰《おっしゃ》る御旗本がおいでとは存じませんでしたよ」

喜三郎は苦笑した。

「知らなかった……」

「ええ。知った時には驚きましたが、既に大部分が売れた後でしたので……」

「して、三味線堀の大原家から苦情は云って来ないのか……」

「云って来ましたが、詫《わ》びを入れ、それなりの金子《きんす》を包むと、それっきり……」

番頭の伝兵衛は、微かな侮りを過らせた。

「それっきり……」

和馬は、戸惑った。

「人の噂も七十五日、所詮《しょせん》は絵草紙に書かれた事でございますよ」

喜三郎は、狡猾な笑みを浮かべた。

「成る程……」

和馬は、微かな怒りを覚えた。

「で、喜三郎さん、絵草紙を書いた戯作者の閻魔亭鬼麿ってのはどんな人ですか……」

幸吉は、喜三郎を見据えた。

「そいつが分からないんですよ」

喜三郎は再び苦笑した。

「分からない……」

幸吉は戸惑い、和馬と顔を見合わせた。

「どう云う事だ」

和馬は眉をひそめた。

「はい。絵草紙の原稿を持って来たのは粋な形をした年増でして、名も云わず十両で売っていったのです」

番頭の伝兵衛は告げた。

「粋な形の年増が十両で……」

和馬は戸惑った。

「それで、ちょいと眼を通してみると、此の間、御厩河岸であったばかりの殺しの一件、こりゃあ売れると……」

喜三郎は笑った。

「際物《きわもの》は旬が一番ですからねえ」

伝兵衛は頷き、勝ち誇ったように笑った。

「その粋な形の年増が閻魔亭鬼麿って事はないのかな……」

和馬は尋ねた。

「さあて、女の戯作者ってのは……」

喜三郎は、首を捻った。

「いないか……」

和馬は念を押した。

「はい……」

喜三郎は頷いた。

「そうか……」

「で、粋な形の年増。以前、何処かで見掛けた事があるとかは……」

幸吉は訊いた。

「さあて。私はないが……」

喜三郎は首を捻った。

「手前もございません……」

伝兵衛が続いた。

「そうですか……」

幸吉は頷いた。

和馬と幸吉は、番頭の伝兵衛に見送られて地本問屋『鶴喜』を出た。

「粋な形の年増ですか……」

幸吉は眉をひそめた。

「うむ。ひょっとしたら、殺された山岡倫太郎が付き合っていたって女かも知れぬな」

和馬は読んだ。

「ええ。何れ《いず》にしろ、粋な形の年増、何かを知っていますか……」

「うむ。それにしても、際物は旬が一番か……」

和馬は苦笑した。

「旦那、親分……」

由松と清吉が駆け寄って来た。

「何か分かったか……」

幸吉は迎えた。

「地本問屋の鶴喜、あんまり評判、良くありませんね」

由松は苦笑した。

「評判、良くない……」

「ええ。絵草紙にして売れれば、実話でも際物でも、書かれた人が困ろうが、泣きを見ようが、儲《もう》かりゃあ良いって地本問屋だそうですぜ」

由松は眉をひそめた。

「じゃあ、絵草紙に書かれて泣きを見たって人もいるわけだ……」

幸吉は知った。

「ええ……」

「ですから、鶴喜には胡散臭《うさんくさ》い話を持ち込む奴が多いそうですよ」

清吉は告げた。

「柳橋の……」

和馬は眉をひそめた。

「ええ。清吉、絵草紙の外道旗本惨殺地獄は、素姓の知れない粋な形の年増が持ち込んだ話だそうでな。又、現れるかもしれない。ちょいと張り込んでくれ」

幸吉は命じた。

風が吹き抜け、三味線堀に小波《さざなみ》が走った。

雲海坊は堀端に佇《たたず》み、大原屋敷を眺めながら経を読んでいた。

大原屋敷の前、久保田藩江戸上屋敷の塀際には、未だ数人の若い侍が囁きあっていた。

質素な形の武家の妻女が現れ、雲海坊の頭陀袋《ずだぶくろ》にお布施を入れた。

雲海坊は、会釈をして一段と声を張って経を読んだ。

「気を使わなくても良いですよ」

武家の妻女は、雲海坊に笑い掛けた。

雲海坊は、経を読みながら笑みを浮かべた。

「何ですか、あの人たち……」

武家の妻女は、大原屋敷の前、久保田藩江戸上屋敷の塀際にいる数人の若い侍を示した。

「何でも、あの旗本屋敷の部屋住みが人を殺したって絵草紙に書かれたそうですよ……」

雲海坊は経を止めた。

「あら。そうなのですか……」

「で、見物人ですよ。南無阿弥陀仏……」

雲海坊は苦笑し、再び経を読み始めた。

「でしたら、仕方がありませんね……」

武家の妻女は頷き、雲海坊に会釈をして立ち去って行った。

雲海坊は、経を読む声を張り上げて見送った。

「雲海坊さん……」

勇次と新八が、聞き込みから戻って来た。

「おう。御苦労さん、どうだった……」

「評判悪いですよ。大原喬之進……」

勇次は、大原屋敷を眺めた。

「狡賢い乱暴者。絵草紙に書かれている奴と同じですよ」

新八は眉をひそめた。

「そうか……」

「見物人、減りましたね」

勇次は告げた。

「ああ。大原喬之進が屋敷にいるなら、そろそろ動き出すかもな……」

雲海坊は読んだ。

「ええ。とっくに屋敷を出ていなきゃあ良いんですがね……」

勇次は、久保田藩江戸上屋敷の塀際に屯《たむろ》している数人の若い侍を見詰めた。


「そうか。何処の誰かも分からない粋な形の年増が持ち込んだ原稿だったか……」

久蔵は苦笑した。

「ええ。おそらく粋な形の年増は、旗本の部屋住みの大原喬之進が、浪人の山岡倫太郎を殺したと知り、絵草紙を使って脅しを掛けようとしている……」

和馬は読んだ。

「脅しを掛けて、金でも脅し取ろうとしているんですかね」

幸吉は眉をひそめた。

「うむ。それとも、脅しを掛けて大原喬之進を誘《おび》き出し、山岡倫太郎の恨みを晴らそうとしているのか……」

久蔵は読んだ。

「はい……」

和馬と幸吉は頷いた。

「ま。何れにしろ、粋な形の年増だな……」

久蔵は、用部屋の庭に揺れている木洩れ日を見詰めた。

木洩れ日は煌めいた。


三味線堀の旗本大原屋敷の前、久保田藩江戸上屋敷の塀際から数人の若い侍も立ち去った。

雲海坊は、三味線堀の堀端で托鉢《たくはつ》を続けていた。

大原屋敷の表門脇の潜り戸が開き、中年の下男が出て来た。

中年の下男は、久保田藩江戸上屋敷の塀際に若い侍たちがいないのを見定め、潜り戸の奥に声を掛けた。

「喬之進さま……」

中年の下男の声が微かに聞こえた。

編笠《あみがさ》を被った若い武士が潜り戸から現れ、足早に向柳原《むこうやなぎわら》の通りを神田川に向かった。
大原喬之進……。
雲海坊は見定め、経を読む声を張り上げた。
物陰から勇次と新八が現れ、雲海坊に目配せをして編笠を被った大原喬之進を追った。
雲海坊は、三味線堀の堀端に佇んで経を読み続けた。

向柳原の通りは、神田川に架かっている新シ橋から三味線堀を結んでいる。
編笠を被った大原喬之進は、俯《うつむ》き加減で足早に神田川に向かっていた。
何処に何しに行くのか……。
勇次と新八は、交代しながら慎重に尾行《つけ》た。

神田川には猪牙舟が行き交っていた。
大原喬之進は、神田川沿いの道に出て昌平橋《しょうへいばし》に向かった。
勇次と新八は尾行た。
大原喬之進は、神田川に架かっている昌平橋の北詰を抜け、神田明神門前町の盛り場に進んだ。

昼下がりの盛り場には、酒の臭いが漂い始めていた。

盛り場の入口には、古い暖簾を掛けた一膳飯屋があった。

大原喬之進は、一膳飯屋の古い暖簾を潜った。

新八は、物陰から見届けた。

「あの一膳飯屋に入ったのか……」

遅れて来た勇次が、新八の視線の先の一膳飯屋を見た。

「ええ。わざわざ飯を食いに来た訳でもないでしょうから、誰かと逢うんですかね」

新八は読んだ。

「うむ。よし、新八、飯でも食って来な」

勇次は命じた。

「合点です……」

新八は頷き、古い暖簾の掛かった一膳飯屋に向かった。

勇次は見送った。

「いらっしゃい……」

一膳飯屋の亭主は、新八を迎えた。

「おう。浅蜊《あさり》のぶっ掛け飯を貰おうか……」

新八は注文し、狭い店内を窺《うかが》った。

大原喬之進は、店の奥で中年の浪人と派手な半纏《はんてん》を着た男と酒を飲んでいた。

新八は、大原喬之進たちの近くに座った。

「じゃあ、絵草紙を書いた閻魔亭鬼麿って戯作者、何処の誰か分からないのか……」

中年の浪人は、眉をひそめて酒を飲んだ。

「ああ。版元の地本問屋の鶴喜には、粋な形の年増が原稿を持ち込んだそうだ」

大原喬之進は、腹立たし気に告げた。

「喬之進さん、粋な形の年増ってのは、山岡倫太郎と拘りがあった女ですかね……」

派手な半纏を着た男は、手酌で酒を飲んだ。

「きっとな……」

大原喬之進は頷いた。

「ま、何れにしろ、粋な形の年増を押さえるのが先決だな」

中年の浪人は告げた。

「ああ。島田《しまだ》さん、猪吉《いのきち》。粋な形の年増を押さえ、戯作者の閻魔亭鬼麿の野郎が誰か突き止めてくれ」

「心得た」

島田と呼ばれた中年浪人と派手な半纏を着た猪吉は頷いた。

「お待ちどお……」

新八は、亭主の持って来た浅蜊のぶっ掛け飯を食べ始めた。

三

「浪人の島田と猪吉か……」

勇次は眉をひそめた。

「ええ。大原喬之進、絵草紙を書いた閻魔亭鬼麿が誰か突き止めようとしていましてね。手掛かりは、原稿を版元の鶴喜に持ち込んだ粋な形の年増だと睨み、浪人の島田と猪吉って野郎に捜してくれと頼んでいましたよ」

新八は告げた。

「そうか……」

勇次は頷いた。

陽は西に大きく傾いた。

中年の浪人の島田と派手な半纏を着た猪吉が、古い暖簾の一膳飯屋から出て来た。

「島田と猪吉です」

新八は告げた。

「よし。俺が尾行る。新八は、大原喬之進がこの後、屋敷に帰るのか他の処に行くのか見届けてくれ」

勇次は命じた。

「合点です」

「じゃあな……」

勇次は、島田と猪吉を追った。

新八は見送り、大原喬之進が出て来るのを物陰で待った。

神田川北岸の道は浅草御門に続き、多くの人が行き交っていた。

浪人の島田と猪吉は、浅草御門に向かった。

勇次は追った。

浅草御門前に出た島田と猪吉は、蔵前の通りに曲がり、浅草に向かった。

浅草迄の間に、公儀米蔵の浅草御蔵、御厩河岸、駒形堂などがある。

島田と猪吉は進んだ。

勇次は、島田と猪吉を尾行ながら行き先を読んだ。

ひょっとしたら、山岡倫太郎が殺された御厩河岸か、それとも住んでいた駒形町の椿長屋か……。

勇次は読み、尾行た。

島田と猪吉は、浅草御蔵の北の外れにある御厩河岸の前を通り過ぎた。

殺された山岡倫太郎の住んでいた駒形町の椿長屋に行くのか……。

勇次は睨んだ。

島田と猪吉は、駒形堂の前に曲がり、裏手の駒形町に向かった。

やはり椿長屋だ……。

勇次は、島田と猪吉が山岡倫太郎が暮らしていた椿長屋に行くと見定めた。

椿長屋の木戸には、名前の由来になった椿の古木があった。

島田と猪吉は、椿の古木のある木戸を潜って椿長屋の奥に進んだ。

勇次は、木戸の陰から見守った。


島田と猪吉は、奥の家の様子を窺った。

前掛けに片襷《かただすき》の武家の妻女が、近くの家から洗い物を持って出て来た。

「あら、その家の浪人さんは、亡くなりましたよ」

武家の妻女は告げた。

「ええ。そいつは知っているんですが、預かり物がありましてね。身寄りの方か何方《どなた》かお見えになりましたかい……」

猪吉は、如才《じょさい》無く尋ねた。

「さあ。来たのはお役人ぐらいですか……」

「粋な形の年増はどうかな……」

島田が尋ねた。

「粋な形の年増ですか……」

武家の妻女は眉をひそめた。

「うむ。来なかったかな」

「以前はお見掛け致しましたが、今は……」

「今は来ないか……」

「ええ。花川戸町で見掛けた以外は……」

武家の妻女は、井戸端で水を汲《く》んで洗い物を始めた。

「花川戸町で見掛けた」

「ええ……」

武家の妻女は頷いた。

「そいつは、いつだ」

「昨日ですよ」

「昨日、花川戸町で。島田の旦那……」

「ああ。猪吉……」

「はい。御造作をお掛け致しました。じゃあ、御免なすって……」

猪吉は、武家の妻女に挨拶をし、島田と共に木戸に向かった。

武家の妻女は、井戸端で洗い物をしながら厳しい面持ちで見送った。
浪人の島田と猪吉は、駒形町の椿長屋を出て浅草広小路に向かった。
勇次は追った。

夕暮れ時。
神田明神門前町の盛り場は賑わい始めた。
大原喬之進は、一膳飯屋から漸《ようや》く出て来た。
新八は、物陰から見守った。
大原喬之進は、辺りを窺って編笠を目深《まぶか》に被り、明神下の通りに進んだ。
三味線堀の大原屋敷に戻らず、他の何処かに行くつもりだ……。
新八は、物陰を出て大原喬之進を追った。
大原喬之進は、不忍池《しのばずのいけ》の畔《ほとり》から谷中《やなか》に抜けた。
新八は追った。
大原喬之進は、谷中の寺町を進み、外れにある小さな古寺の裏手に廻った。

小さな古寺の裏門では、博奕打《ばくち》ちの三下たちがやって来る客を迎えていた。

大原喬之進は、編笠を上げて顔を三下に見せて裏門を入って行った。

新八は見届けた。

賭場《とば》だ……。

小さな古寺では、賭場が開かれているのだ。

大原喬之進は、いろいろと煩《うるさ》い三味線堀の屋敷を抜け出し、古寺の賭場に潜《ひそ》むつもりなのだ。

新八は読んだ。

古寺の賭場には、お店《たな》の旦那や御家人、浪人、遊び人など様々な客が出入りした。

大原喬之進は、賭場から暫《しばら》くは出て来ない筈《はず》だ。

よし……。

新八は、近くの谷中八軒町《はちけんちょう》の木戸番に走り、柳橋の船宿『笹舟《ささぶね》』に使いを頼んだ。

浅草花川戸町は、金龍山浅草寺と隅田川の間に続く町であり、夜の盛り場は賑わっていた。

島田と猪吉は、花川戸町の盛り場で顔見知りの浪人や遊び人に何事かを尋ね歩いた。

勇次は、島田と猪吉を尾行た。そして、二人が聞き込みを掛けた相手に何を訊いたか探った。

島田と猪吉は、知り合いの者たちに殺された山岡倫太郎と一緒にいた粋な形の年増を見掛けなかったか尋ね歩いていた。

だが、島田と猪吉は、粋な形の年増を知っている者と出逢う事はなかった。

勇次は見張った。

島田と猪吉は、花川戸町の外れにある居酒屋で酒を飲み始めた。

どうやら、今夜の粋な形の年増捜しは此れ迄のようだ。

勇次は睨み、花川戸町の木戸番に走った。

柳橋の船宿『笹舟』は、夜の川風に暖簾を揺らしていた。

女将《おかみ》のお糸《いと》は、夜の船遊びの客の相手をしていた。

「今晩は……」

谷中八軒町の木戸番は、息を弾ませて店土間に入って来た。

「いらっしゃいませ……」

お糸は迎えた。

「あっしは谷中八軒町の木戸番で、新八さんに頼まれて来ました。柳橋の親分さんはお出でですか……」

木戸番は息を弾ませた。

「はい。お前さん……」

お糸は、店の奥の居間に幸吉を呼んだ。

「どうした……」

幸吉が、居間から出て来た。

「谷中八軒町の木戸番さん、新八の使いで来てくれたんですよ」

お糸は告げ、台所に急いだ。

「そいつは忝《かたじけな》い。ま、腰掛けてくれ」

「へい……」

木戸番は、土間の大囲炉裏《いろり》の傍の縁台に腰掛けた。

「はい。どうぞ……」

お糸が、大きな湯飲茶碗に水を汲んで来た。

「ありがてえ。頂きます、女将さん……」

木戸番は、喉を鳴らして湯飲茶碗の水を飲み、大きな息を吐いた。

「で、新八は何と……」

幸吉は、木戸番が落ち着くのを待って尋ねた。

「はい。大原喬之進は、谷中は敬明寺《けいめいじ》って寺の賭場に入ったと……」

木戸番は報《しら》せた。

「そうか。良く分かった。助かったよ」

幸吉は、木戸番に礼を述べて心付けを渡した。

谷中八軒町の木戸番と入れ替わり、花川戸町の木戸番が船宿『笹舟』に駆け込んで来て勇次の言付けを幸吉に伝えた。

幸吉は、新八のいる谷中の賭場に由松を行かせ、勇次の許《もと》に清吉を走らせた。

「大原喬之進の奴、島田って浪人と猪吉って遊び人に粋な形の年増を捜させているか……」

雲海坊は読んだ。

「うむ。そして、外道旗本惨殺地獄を書いた戯作者の閻魔亭鬼麿が何処の誰か突き止めようとしている……」

「幸吉っつあん、そいつは、閻魔亭鬼麿が大原喬之進が山岡倫太郎を殺したのを知っているからかな……」

「うむ。口封じだな……」

「そいつは本当なのかな……」

雲海坊は首を捻った。

「何……」

幸吉は戸惑った。

「ま、大原喬之進が山岡倫太郎を殺したのは違いないのだろうが、証拠はないのかもしれないな……」

「証拠がない……」

幸吉は眉をひそめた。

「ああ。だから、絵草紙に書いて大原喬之進を煽《あお》り、尻尾を出させようとしている。違うかな……」

「雲海坊、その睨み、あるかもな……」

幸吉は頷いた。

谷中の古寺『敬明寺』の賭場は賑わった。

賭場は、盆茣蓙《ぼんござ》を囲む客たちの熱気と煙草《たばこ》の煙に満ち、大原喬之進も駒札を張っていた。

新八は、次の間で酒を啜りながら見張り続けていた。

「おう。新八……」

由松は、新八の傍に現れた。

「由松さん……」

新八は、緊張を僅《わず》かに解いた。

「御苦労だったな。で、大原喬之進は……」

由松は、新八を労《ねぎら》った。

「あの若い侍です……」

新八は、盆茣蓙を囲んでいる大原喬之進を示した。

「分かった。一息ついて来な……」

「ありがてえ。じゃあ、ちょいと……」

新八は、湯飲茶碗に残っていた酒を飲み干し、次の間から出て行った。

由松は、湯飲茶碗に注いだ酒を啜りながら大原喬之進の見張りを始めた。


花川戸町の外れの居酒屋は、客は少なく余り繁盛していなかった。

浪人の島田と遊び人の猪吉は、居酒屋に入ったままだった。

勇次は見張った。

「勇次の兄貴……」

清吉がやって来た。

「おう。来てくれたか……」

「はい。島田って浪人と遊び人の猪吉、あの居酒屋ですか……」

清吉は、夜風に暖簾を揺らしている居酒屋を眺めた。

「ああ。粋な形の年増を捜し廻った挙句にな」

勇次は苦笑した。


南町奉行所の久蔵の用部屋には、和馬と幸吉が訪れた。

幸吉は、久蔵に雲海坊の読みを伝えた。

「成る程。旗本大原喬之進による山岡倫太郎殺しの確かな証拠がないので、粋な形の年増が絵草紙で煽り、苛立たせて尻尾を出させようとしているか……」

久蔵は眉をひそめた。

「はい……」

幸吉は頷いた。

「おそらく、雲海坊の読みの通りだろう」

久蔵は、笑みを浮かべた。

「秋山さま。ならば、戯作者の閻魔亭鬼麿は粋な形の年増の誘いに乗って……」

和馬は、厳しさを滲ませた。

「和馬、戯作者の閻魔亭鬼麿など端《はな》からいないのかもしれないな」

久蔵は読んだ。

「秋山さま……」

「それから和馬、柳橋の。山岡倫太郎、何故に大原喬之進に殺されたのかな……」

久蔵は苦笑した。

浪人の島田と遊び人の猪吉は、花川戸町界隈に粋な形の年増を再び捜し始めた。

勇次と清吉は、島田と猪吉を尾行て見張った。

島田と猪吉は、花川戸町から山谷堀を越えた今戸町《いまどまち》に迄、捜す範囲を広げた。

勇次と清吉は、見張り続けた。

「勇次の兄貴、粋な形の年増、本当に花川戸や今戸にいるんですかね」

清吉は首を捻った。

「う、うん……」

勇次は、微かな戸惑いを滲ませた。

島田と猪吉が、花川戸町に粋な形の年増を捜すのは、殺された山岡倫太郎が住んでいた椿長屋の武家の妻女がそう云ったからだ。

武家の妻女は、本当に花川戸町で粋な形の年増を見掛けたのか……。

勇次は、微かな疑念を覚えた。

「清吉、ちょいと二人を見張ってくれ」

「は、はい。兄貴は……」

「うん。ちょいと気になる事が出来てな」

勇次は眉をひそめた。

谷中の敬明寺の賭場は、朝を迎えて閉められた。

客の多くは既に帰り、残っている者は僅かだった。

大原喬之進は、残っている僅かな者の中にいた。

由松と新八は、敬明寺の裏門の近くで見張り続けていた。

大原喬之進が、博奕打ちの三下に見送られて敬明寺の裏門から出て来た。

「由松さん……」

「ああ。さあて、大原の野郎、何処に行くのか……」

由松は、嘲《あざけ》りを浮かべた。

大原喬之進は、敬明寺の裏門にいる三下たちを腹立たし気に一瞥《いちべつ》し、足取り重く谷中八軒町に向かった。

「大原の野郎、行く当てがないのかもしれませんね」

新八は読んだ。

「ああ。きっと、そんな処だな……」

由松は苦笑した。

蔵前通りには、多くの人が行き交っていた。

着流しの武士は塗笠《ぬりがさ》を目深に被り、駒形堂に曲がった。

駒形堂の裏の駒形町に、殺された山岡倫太郎が暮らしていた椿長屋がある。

着流しの武士は、椿長屋の木戸に向かった。

質素な形の武家の妻女が椿長屋の木戸から現れ、着流しの武士に会釈をして足早に擦《す》れ違った。

着流しの武士は立ち止まり、振り返って目深に被っていた塗笠を上げた。

久蔵だった。

武家の妻女は、大川沿いの道を浅草御蔵に向かっていた。

大川沿いの道は、蔵前通りと並んで浅草御蔵迄続いている。

浅草御蔵の前には御厩河岸がある……。

武家の妻女は足早に行く。

久蔵は、武家の妻女と擦れ違った時、微かに漂った伽羅《きやら》の香りが気になった。

質素な形には似合わない香りだ。

よし……。

久蔵は、質素な形の武家の妻女を追った。

大川には、様々な船が行き交っていた。

御厩河岸の渡し場には小屋があり、渡し舟を待つ様々な人々がいた。

質素な形の武家の妻女は、渡し場の傍を通り抜けて浅草御蔵の傍で立ち止まった。

浅草御蔵の塀際には、萎《しお》れ掛けた野花が置かれていた。

質素な形の武家の妻女は、萎れ掛けた野花に向かってしゃがみ込み、手を合わせて祈った。

そして、祈り終えて手を解いた。

「山岡倫太郎の知り合いか……」

質素な形の武家の妻女は、背後からの声に驚いたように立ち上がり、振り返った。

久蔵がいた。

「貴方《あなた》さまは……」

質素な形の武家の妻女は、久蔵に警戒の眼を向けて微かに声を震わせた。

「私は、南町奉行所の秋山久蔵。そなたは……」

久蔵は笑い掛けた。

「沢井初枝《さわいはつえ》と申しまして、御家人だった夫に先立たれた者にございます」

初枝は、久蔵を見据えて告げた。

「沢井初枝どのか……」

久蔵は、初枝の凜《りん》とした態度に微笑《ほほえ》んだ。

「はい……」

「山岡倫太郎とは、どのような拘わりかな……」

久蔵は尋ねた。

「駒形町は椿長屋に住んでいる者同士にございます」

初枝は告げた。

「それで、手を合わせに来たか……」

久蔵は、浅草御蔵の塀際に置かれている萎れ掛けた野花を一瞥した。

「はい……」

「それだけかな……」

久蔵は笑い掛けた。

「はい。では……」

初枝は、久蔵に会釈をして立ち去ろうとした。

「待て……」

久蔵は呼び止めた。

初枝は立ち止まり、緊張した面持ちで振り返った。

後《おく》れ毛が微風に揺れ、伽羅の香りが微かに漂った。

四

大川は滔々《とうとう》と流れていた。

沢井初枝は、岸辺に佇んで眩《まぶ》し気に眺めた。

「殺された山岡倫太郎の身辺には粋な形の年増がいる筈だが、知らないかな
……」

久蔵は尋ねた。

「秋山さまと仰いましたね……」

「ああ……」

「私は同じ椿長屋に住んでいるだけ、山岡さまがどのような方と親しくされてい

「たかなど、存じません」

初枝は告げた。

「そうかな……」

久蔵は苦笑した。

「はい……」

初枝は頷いた。

「その粋な形の年増は、山岡倫太郎を殺した者が誰か知っているが、確かな証拠がなくてな。絵草紙を使って煽り、追い込もうとしている……」

「煽り、追い込む……」

初枝は、厳しさを過らせた。

「うむ。己を餌にしてな……」

久蔵は、己の睨みを告げた。

「秋山さま……」

初枝は眉をひそめた。

「もし、粋な形の年増が山岡の家に現れたら伝えてくれ。旗本の倅の大原喬之進は、島田と云う浪人や遊び人の猪吉に粋な形の年増を捜させ、己は谷中の賭場に出入りしているとな……」

久蔵は告げた。

「分かりました。もし、粋な形の年増が現れたらそうお伝えします……」

初枝は、久蔵に深々と頭を下げて大川沿いの道を駒形町に向かった。

久蔵は見送り、蔵前の通りに急いだ。


椿長屋には、赤ん坊の泣き声が響いていた。

勇次は、椿長屋の奥の質素な形の武家の妻女の家を窺った。

だが、質素な形の武家の妻女の家に人がいる気配はなかった。

留守か……。

勇次は、椿長屋を出て駒形堂の陰に潜み、質素な形の武家の妻女が戻って来るのを待つ事にした。

「おう。勇次じゃあないか……」

久蔵が、蔵前通りからやって来た。

「此れは、秋山さま……」

「武家の妻女か……」

久蔵は、椿長屋を示した。

「はい。ちょいと気になる事がありましてね。留守のようです」

「今戻って来る……」

久蔵は、大川沿いを見た。

「えっ……」

勇次は戸惑った。

沢井初枝が大川沿いの道から現れ、駒形堂の横を通って椿長屋に入って行った。

久蔵と勇次は、椿長屋の木戸に走り、初枝が家に入って行くのを見届けた。

「名前は沢井初枝。御家人の後家だ……」

久蔵は告げた。

「沢井初枝、御家人の後家さん……」

「うむ。で、おそらく粋な形の年増だろう」

久蔵は、初枝の家を見詰めた。

「えっ……」

勇次は戸惑った。

香炉から立ち昇る紫煙は、伽羅の香りを漂わせて揺れた。

水色の霰小紋《あられこもん》の着物を着た初枝は、鏡の前に座って唇に紅を塗った。

そして、立ち上がり、帯の御太鼓結《おたいこむす》びに小太刀を隠した。

初枝は、粋な形の年増になり、簞笥《たんす》の上に置かれた位牌に手を合わせて戸口に向かった。

香炉から揺れる紫煙は、渦《うず》を巻いて散った。

初枝の家の腰高障子が開いた。

久蔵と勇次は、木戸の椿の古木の陰に素早く入った。

粋な形の年増が、初枝の家から出て来た。

勇次は、思わず声を洩らした。

「沢井初枝だ……」

久蔵は囁いた。

「はい……」

勇次は、喉を鳴らして頷いた。

粋な形の年増になった初枝は、足早に椿長屋の木戸から出て行った。

伽羅の香りが残された。

「承知……」

「俺は面が割れている。先に行ってくれ」

「承知……」

勇次は、粋な形の初枝を追った。

久蔵は、続いて木戸の椿の古木の陰から出た。

粋な形の初枝は、蔵前通りを横切って三間町《さんげんちょう》に進んだ。

勇次は追った。

久蔵は、塗笠を目深に被り、続いて蔵前通りを横切った。

「秋山さま……」

托鉢坊主の雲海坊が、浅草御蔵の方から駆け寄って来た。

「おう。雲海坊……」

「何方に……」

「勇次が粋な形の年増を追っている……」

久蔵は、先を行く勇次を示した。

「それはそれは……」

久蔵と雲海坊は、勇次を追いながら話を続けた。

「雲海坊は何をしている」

「大原喬之進を調べていたら、野郎、三年前に御家人に悪事を咎《とが》められていましてね」

「御家人に……」

「ええ。で、咎めた御家人、五日後に何者かに闇討ちされた……」

「何だと……」

久蔵は眉をひそめた。

「で、殺された御家人の後家さんに詳しい事を訊きに……」

「雲海坊……」

久蔵は、立ち止まった。

「はい……」

「その後家さん、沢井初枝かな」

久蔵は尋ねた。

「秋山さま……」

雲海坊は驚いた。

「やはりな。雲海坊、粋な形の年増はその沢井初枝だ……」

久蔵は、厳しい面持ちで告げ、沢井初枝を尾行る勇次を追った。

雲海坊は続いた。

「して、雲海坊、沢井初枝の夫の御家人、何と云う者だ」

「はい。沢井敬一郎《けいいちろう》さんって小普請組《こぶしんぐみ》の方でしてね。大店《おおだな》の若旦那を強請《ゆす》ってい
た大原喬之進を厳しく咎め、恨みを買ったようです」

「それで闇討ちか……」

「はい。で、一件はお目付《めつけ》扱いになりましたが、大原喬之進が殺った確かな証拠
はなく有耶無耶《うやむや》になったそうです」

「そして、後家の初枝に恨みが残ったか……」

久蔵は読んだ。

勇次は、初枝を尾行て東本願寺前から新寺町《しんてらまち》に進んだ。

それは、初枝が進んでいる道筋なのだ。

「何処に行くんですかね……」

雲海坊は眉をひそめた。

「おそらく、谷中だろう……」

初枝は、南町奉行所が動き出していると知り、事の決着を急ぎ始めたのかもしれない。

だとしたら、大原喬之進のいる谷中に行く気か……。

久蔵は読んだ。


谷中八軒町の蕎麦屋《そばや》は、昼飯の客が出入りをしていた。

大原喬之進は、蕎麦屋の店の奥で手酌で酒を啜っていた。

由松と新八は、交代で大原喬之進を見張りながら蕎麦を食べた。

大原喬之進は、由松と新八が交代で蕎麦を食べ終わっても酒を啜っていた。

「大原の野郎、賭場が開く迄、だらだら酒を飲むつもりですかね……」

新八は眉をひそめた。

「ああ。おそらくな……」

由松は、嘲笑《ちようしよう》を浮かべた。

浪人の島田と遊び人の猪吉は、隅田川沿いの浅草今戸町から橋場町《はしばちよう》に掛けて粋な形の年増を捜し続けた。しかし、それらしい粋な形の年増を見つけ出す事は出来なかった。

清吉は尾行廻した。

「島田さん、粋な形の年増、こっちにはいねえんじゃあないですかね……」

猪吉は、首を捻った。

「うむ……」

「椿長屋のあの女、嘘を吐《つ》きやがったんじゃあないですかね」

猪吉は、腹立たし気に告げた。

「かも知れないな……」

島田は頷いた。

「どうします」

「大原、谷中に潜《もぐ》り込むと云っていたな」

「ええ……」

「よし。じゃあ、俺たちも谷中に行ってみるか……」

「ええ……」

島田と猪吉は決め、谷中に向かった。

清吉は追った。

「清吉……」

幸吉が、駆け寄って来た。

「親分……」

「島田と猪吉か……」

幸吉は、清吉の先を行く浪人の島田と遊び人の猪吉を示した。

「はい。花川戸から橋場迄、粋な形の年増を捜し廻ったのですが、らしい女はいなかったようです」

「そうか……」

「で、場所を変えるんでしょうが、何処に行くかは、未だ分かりません」

清吉は眉をひそめた。

「谷中かもしれないな……」

幸吉は読んだ。

「谷中ですか……」

「ああ。大原喬之進、谷中にいる筈だ」

幸吉は、島田と猪吉を尾行ながら告げた。

「じゃあ、島田と猪吉、大原喬之進と谷中で落ち合う気ですか……」

清吉は読んだ。

「きっとな……」

幸吉は頷き、島田と猪吉を尾行た。


谷中八軒町の外れの蕎麦屋には、様々な客が出入りしていた。

大原喬之進は、蕎麦屋に居座ったままだった。

由松と新八は見張り続けた。

「由松さん……」

新八が、通りを来る粋な形の年増に気が付いた。

「何だ……」

「あの女……」

新八は、粋な形の年増を示した。

由松は、新八の示した粋な形の年増と後から来る勇次に気が付いた。

「勇次が追って来る。粋な形の年増だ」

由松は読んだ。

「ええ……」

新八は、喉を鳴らして頷いた。

粋な形の年増は、蕎麦屋の前を通り過ぎて行った。

勇次が尾行て来た。

「新八、勇次に繋《つな》げ……」

由松は命じた。

「承知……」

新八は、追って来た勇次に並んだ。

「兄貴……」

「新八……」

勇次と新八は、言葉を交わしながら粋な形の年増を尾行て行った。

由松は見送った。

「由松……」

久蔵と雲海坊がやって来た。

「雲海坊の兄い、秋山さま……」

由松は、雲海坊と久蔵を迎えた。

「大原喬之進、此の蕎麦屋にいるのか……」

久蔵は、由松に尋ねた。

「はい。賭場が開くのを待っていますぜ」

由松は嘲笑した。

「暇ならちょいと忙しくしてやるか……」

久蔵は、不敵な笑みを浮かべた。


粋な形の初枝は、谷中八軒町を抜けて寺の連なる通りに出た。

寺の連なる通りには、行き交う人は少なかった。

初枝は、寺の山門前を掃除していた寺男に駆け寄り、何事かを尋ねた。

寺男は首を捻った。

初枝は、寺男に礼を云って立ち去った。

勇次は尾行を続け、新八は寺男の許に駆け寄った。

初枝は、寺の連なりを抜けて天王寺《てんのうじ》門前の新茶屋町《しんちゃやまち》に進んだ。

勇次は尾行た。

「兄貴……」

新八が寺男の聞き込みを終え、勇次に駆け寄って来た。

「おう。寺男に何を訊いたんだ」

「賭場を開く寺を知らないかと……」

「大原喬之進を捜しているか……」

勇次は読んだ。

「ええ。ですが、寺男は知らないと……」

「そうか……」

初枝は、大原喬之進を捜してどうする気なのか……。

勇次と新八は、粋な形の初枝を追った。

大原喬之進は、酒を啜り続けていた。

「いやあ、驚いたね。粋な形の年増がいきなり賭場は何処だと聞いて来るとは……」

雲海坊は、饅頭笠《まんじゆうがさ》を脇に置きながら連れの由松に笑い掛けた。

「何ですかね。その粋な形の年増……」

由松は苦笑した。

雲海坊と由松は、言葉を交わしながら大原喬之進の隣に座った。

来た……。

粋な形の年増がやって来たのだ。

大原喬之進は、微かによろめきながら立ち上がった。

「亭主、邪魔をしたな。勘定だ……」

大原は、帳場にいる亭主の許に向かった。

雲海坊と由松は見送った。


大原喬之進が蕎麦屋から現れ、酔いの残った足取りで寺町に向かった。

大原喬之進か……。

久蔵は、物陰から見定めた。

「秋山さま……」

雲海坊と由松が、蕎麦屋から出て来た。

「うむ……」

久蔵は、寺町に向かう大原喬之進を示した。

「じゃあ……」

由松は尾行た。

久蔵と雲海坊が続いた。


敬明寺の境内には誰もいなく、木洩れ日だけが揺れていた。

大原喬之進は、境内を本堂に進んだ。

賭場は、本堂裏の家作にある。

大原は、本堂の脇を裏に向かおうとした。

「大原喬之進……」

女の声がした。

大原は立ち止まった。

粋な形の初枝が、本堂の回廊《かいろう》に現れた。

「お前が絵草紙を鶴喜に持ち込んだ女か……」

大原は、初枝を睨み付けた。

「ええ。そうですよ……」

初枝は、嘲りを浮かべた。

「俺に恨みがあるようだな……」

「ええ。おおありですよ」

「山岡倫太郎は、昔話で脅しを掛けて来たので返り討ちにした迄……」

大原は嘲笑を浮かべた。

「返り討ちにしたのは、昔話を恐れたからですか……」

「ふん。些細《ささい》な事を騒ぎ立てた馬鹿な御家人が死んだ一件、目付の詮議も既に終わっている昔話だ……」

「その昔話で山岡に脅されて殺した。それは馬鹿な御家人を闇討ちした事実を天下に知られたくないからだね」

初枝は、厳しい面持ちで大原を見据えた。

「ああ。だったらどうする……」

大原は、薄笑いを浮かべて刀を握った。

「夫、沢井敬一郎の仇、討ち果たす……」

初枝は、凜とした声で告げた。

「何……」

大原は眉をひそめた。

「私は沢井敬一郎が妻、初枝……」

初枝は名乗り、本堂の階段を下りた。

「大原……」

浪人の島田と遊び人の猪吉が、境内に駆け込んで来た。

初枝は身構えた。

「お前は……」

島田は、粋な形の初枝が椿長屋で話を聞いた武家の妻女だと気が付いた。

「何が、花川戸だ……」

島田は、腹立たし気に初枝を睨み、にじり寄った。

遊び人の猪吉が、初枝に飛び掛かった。

初枝は、帯の御太鼓に隠していた小太刀を一閃《いっせん》した。

猪吉は、腕を斬られて血を飛ばして倒れた。

初枝は、小太刀を構えた。

「おのれ……」

大原と島田は、初枝に迫った。

「よし。そこ迄だ……」

久蔵が、雲海坊と由松を従えて本堂の裏手から現れた。

勇次と新八が、庫裏《くり》の方から駆け寄った。

大原と島田は、山門の方に後退《あとずさ》りした。

山門の陰から幸吉と清吉が現れ、行く手を塞《ふさ》いだ。

大原と島田は、囲まれて激しく狼狽えた。

初枝は、戸惑いを浮かべた。

「大原喬之進、私は南町奉行所吟味方与力の秋山久蔵。お前さんの悪事、篤《とく》と聞かせて貰ったよ……」

久蔵は、塗笠を取って大原と島田に笑い掛けた。

「お、俺は旗本、町奉行所に捕えられる謂《いわ》れはない……」

大原は、顔を歪《ゆが》めて叫んだ。

「心配するな。捕えはしない。沢井初枝どのと尋常の勝負をして貰う」

「何……」

「で、私は及ばずながら一介の武士として沢井初枝どのの助太刀を致す。いざ、初枝どの……」

久蔵は、初枝を促した。

「はい……」

初枝は、大原に向けて小太刀を構えた。

大原は、刀を抜いて構えた。

鋒《きっさき》は小刻みに震えた。

「流石は山岡倫太郎を背後から突き刺して殺した腕だな……」

久蔵は苦笑し、無造作に近寄って塗笠で大原の刀を打ち払った。

大原は、思わず刀の鋒を外した。

久蔵は、踏み込んで大原の刀を握る腕を抱え込み、押さえ付けた。

「初枝どの……」

久蔵は促した。

「は、はい。夫沢井敬一郎の仇……」

初枝は、久蔵に押さえ付けられて踠《もが》く大原に袈裟《けさ》懸《が》けに斬り付けた。

大原は、頬から胸元を袈裟懸けに斬られ、血を飛ばして大きく仰《の》け反《ぞ》った。

久蔵は、仰け反った大原を突き飛ばした。

大原は、血塗れになって倒れた。

「見事……」

久蔵は褒《ほ》めた。

「は、はい……」

初枝は、血に塗れた小太刀を震わせた。

「柳橋の……」

「はい。由松、新八、島田をお縄にしな。勇次、清吉、大原を医者に運んで死んだのを確かめて貰え」

幸吉は命じた。

由松、勇次、新八、清吉は、素早く動いた。

島田は観念し、神妙にお縄を受けた。

「さあて、初枝どの、長い間、御苦労だったな。此れで気が済んだかな……」

久蔵は、笑い掛けた。

「秋山さま……」

初枝は、小太刀を置いて座り込み、嗚咽《おえつ》を洩らした。

久蔵は、粋な形をして嗚咽を洩らす初枝を哀れんだ。

伽羅の香りが漂った。

大原喬之進は、数日後に息を引き取った。

久蔵は、浪人の島田と遊び人の猪吉を江戸十里四方払《しほうばらい》にした。そして、沢井初枝をお構いなしとして放免した。

絵草紙から始まった一件は、沢井初枝の仇討ちで終わった。

第二話

渡世人

一

驟雨《しゅうう》……。

牛込《うしごめ》御門前の外濠の煌めきは消え、水面には雨の小さな波紋が重なり合った。

神楽坂《かぐらざか》は降る雨に濡れ、行き交っていた人々は一斉に散った。

雨は、誰もいなくなった神楽坂を濡らして流れた。

縞《しま》の合羽《かっぱ》に三度笠の渡世人は、雨の降る神楽坂を上がり始めた。

縞の合羽に身を包み、三度笠を目深に被り、前屈みになって誰もいない雨の降る神楽坂を上がった。

雨は降り続いた。

渡世人は、雨に煙る神楽坂の上に消えて行った。

神楽坂に雨は降る。


雨上がりの神楽坂は濡れており、坂道を駆け上がる草履《ぞうり》を滑らせた。

南町奉行所定町廻り同心の神崎和馬は、新八と共に神楽坂を駆け上がり、毘《び》沙《しゃ》門天《もんてん》で名高い善国寺《ぜんこくじ》横の藁店《わらだな》横丁に曲がり、岩戸町《いわとちょう》二丁目に進んだ。

「こっちです……」

新八は、和馬を岩戸町二丁目裏通りの外れにある古い納屋に誘った。

古い納屋の前には、木戸番や自身番の店番《たなばん》たちがいた。

「御苦労さまです」

木戸番や自身番の店番は、和馬を迎えた。

「神崎の旦那、中です」

新八は、和馬と納屋の中に入った。

納屋の軒先から雨垂れが落ちた。

「和馬の旦那……」

岡っ引の柳橋の幸吉は、派手な半纏を着た男の死体の傍から立ち上がった。

「やあ。柳橋の……」

和馬は、男の死体に手を合わせた。

「仏は博奕打ちの巳之吉《みのきち》、背後から心の臓を一突きにされています」

幸吉は、仏の背中を見せた。

背中には、血に塗れた刺傷があった。

「他に刺傷は……」

「ありません……」

幸吉は、首を横に振った。

「殺しに慣れた玄人《くろうと》の仕業《しわざ》か……」

和馬は睨んだ。

「ええ。きっと……」

幸吉は頷いた。

「で、殺されたのは、雨が降っていた時か……」

和馬は読んだ。

「はい。偶々《たまたま》、雨宿りで逢い、喧嘩にでもなって殺したかな……」

天井から雨漏りが染み落ちた。

「親分、和馬の旦那……」

勇次が、納屋に入って来た。

「おう。何か分かったか……」

「はい。雨が降っている時、縞の合羽に三度笠の渡世人が神楽坂を上がって行くのを、雨宿りをしていた人たちが見ていました」

勇次は報せた。

「縞の合羽に三度笠の渡世人……」

和馬は眉をひそめた。

「江戸の町で縞の合羽に三度笠の渡世人とは珍しいですね」

幸吉は、首を捻った。

「うむ……」

「で、此の界隈で見掛けたって人もいましてね。今、清吉が渡世人の足取りを捜しています」

「よし。引き続き、追ってくれ。俺たちは殺された巳之吉が何をしていたか洗う」

幸吉は命じた。

「承知……」

勇次は、納屋から出て行った。

「じゃあ、和馬の旦那……」

「うむ。俺は仏さんの始末をして、秋山さまに報せる」

和馬は告げた。

「はい。じゃあ。新八……」

幸吉は、新八を従えて納屋から出て行った。

「よし。仏さんを湯灌場《ゆかんば》に運んでやりな……」

和馬は、自身番の店番と木戸番に命じた。

勇次と清吉は、肴町《さかなまち》を進んで通寺町《とおりてらまち》から横寺町《よこでらまち》に聞き込みを掛け、縞の合羽に三度笠の渡世人の足取りを捜した。

不意の驟雨だった所為《せい》か、渡世人の足取りは容易に摑《つか》めなかった。

幸吉と新八は、神楽坂を下って牛込御門前から外濠沿いに市ケ谷《いちがや》御門に向かった。

外濠沿いには旗本屋敷が並び、その先に船河原町《ふながわらまち》や市ヶ谷田町などの町方の地になる。

殺された博奕打ちの巳之吉の家は、市ヶ谷田町二丁目の裏通りにあった。

市ヶ谷田町二丁目の木戸番は、裏通りにある古い甚兵衛《じんべえ》長屋に幸吉と新八を誘った。

「巳之吉は独り身でしてね。博奕に強かったのか、金廻りは良かったって話ですよ。あっ、此処です……」

木戸番は、古い甚兵衛長屋の木戸を示した。

「おう……」

幸吉と新八は、木戸番に誘われて甚兵衛長屋の木戸を潜った。

博奕打ちの巳之吉の家は、薄暗く粗末な蒲団が壁際に寄せられていた。

幸吉と新八は、狭い家の中を調べた。

空の一升徳利が何本か転がっており、干乾《ひから》びた竹皮の包みの中には腐った稲荷《いなり》寿司があった。

「金廻り、良いようですね」

新八は眉をひそめた。

「ああ。だけど、博奕で大儲けをした博奕打ちなど見た事がない」

幸吉は苦笑した。

「ですが、金廻りは良い、となると……」

新八は読んだ。

「巳之吉、何か金蔓《かねづる》を握っているのかもしれないな」

「金蔓ですか……」

「ああ……」

幸吉は眉をひそめた。


「縞の合羽に三度笠の渡世人か……」

南町奉行所吟味方与力の秋山久蔵は、小さな笑みを浮かべた。

「ええ。雨の降る神楽坂を上がって行ったそうです」

和馬は告げた。

「して、雨が上がった後、岩戸町二丁目の裏通りの納屋で博奕打ちの巳之吉の刺殺死体が見付かったか……」

「はい。ですが、渡世人が殺ったと云う証拠は何もなく、断定は出来ませんが。勇次たちが足取りを追っています」

「そうか。ま、焦らずに殺された博奕打ちの巳之吉の身辺から探るしかあるまい」

「巳之吉が誰かと揉《も》め、恨みを買っていたかどうかですか……」

和馬は読んだ。

「うむ。それに仮に渡世人が殺ったとしても、偶々じゃあるまい」

久蔵は睨んだ。


「此処ですね」

清吉は、勇次に牛込五軒町《ごけんちょう》の路地を示した。

路地の左右には小さな家々があり、奥の家からは鍛金《たんきん》の音が小さく洩れていた。

「渡世人、此処に佇んで路地を眺めていたのか……」

勇次は、入口に佇んで路地に並ぶ小さな家々を見廻した。

「ええ。雨の降る中、じっと佇んでいたそうですよ」

「どの家を眺めていたのかな……」

「そいつは分かりませんが、奥の家かもしれませんね」

清吉は読んだ。

「奥の家か……」

奥の家からは、金属を小刻みに打つ音が続いていた。

「鍛金師かな……」

勇次は読んだ。

「ええ。五軒町の木戸番の話じゃあ、鍛金師の宗平《そうへい》さんの家だそうです」

「渡世人、雨の降る中、此処に佇んで鍛金師の宗平さんの家を眺めていたか……」

勇次は眉をひそめた。

前掛けをした十六、七歳の娘が奥の家から現れ、手桶を持って井戸に向かった。

勇次と清吉は、路地の入口の物陰に入った。

娘は、井戸端で手桶に水を汲み、路地の入口を一瞥して奥の家に戻った。

「宗平さんの娘かな……」

「きっと。後で木戸番の父っつあんに確かめておきます」

「うん。で、渡世人は此処から何処に行ったのかだな……」

「はい。見ていた人の話じゃあ、小日向《こひなた》の馬場の方に行ったそうです」

「よし。行ってみよう」

勇次と清吉は、小日向の馬場、江戸川の方に向かった。


外濠に架かる市ヶ谷御門前、八幡町《はちまんちょう》に博奕打ちの貸元八幡の富蔵《とみぞう》の家はあった。

貸元富蔵の家の土間の鴨居には、〝八に富〟の文字の書かれた提灯《ちょうちん》が並べられ、二人の三下が賽子《さいころ》遊びをしていた。

「邪魔するぜ」

新八は、幸吉と一緒に土間に入った。

「何だい、お前たちは……」

二人の三下は粋がった。

「貸元の富蔵はいるかい……」

幸吉は、富蔵を呼び棄てにして尋ねた。

「何だと、手前……」

三下の一人が怒り、幸吉の胸倉を摑もうと手を伸ばした。

幸吉は、三下の伸ばした手を摑んで捩《ね》じ上げた。

三下は、悲鳴を上げて蹲《うずくま》った。

「野郎……」

残る三下が、幸吉に殴り掛かった。

「馬鹿野郎……」

新八が、殴り掛かった三下を蹴り飛ばした。

蹴り飛ばされた三下は、悲鳴を上げて壁に叩き付けられた。壁が揺れ、鴨居に掛けられていた提灯が落ちた。

「富蔵はいるのか……」

幸吉は、三下に再び尋ねた。

「富蔵はあっしですが……」

肥った初老の男が、痩《や》せた博奕打ちを従えて框《かまち》に出て来た。

「お前が貸元の八幡の富蔵か……」

幸吉は、腕を捩じ上げていた三下を突き放した。

三下は、転がり呻《うめ》いた。

「俺は柳橋の幸吉、ちょいと訊きたい事があってね」

幸吉は、懐の十手を見せた。

「こりゃあ、柳橋の親分さんですかい……」

富蔵は框に座った。

「ああ。博奕打ちの巳之吉、知っているな」

幸吉は、框に腰掛けた。

「巳之吉、何かしましたか……」

富蔵は、幸吉に探る眼を向けた。

「知らないのか……」

「えっ……」

富蔵は、戸惑いを浮かべた。

「巳之吉、殺されたよ」

幸吉は、富蔵を見詰めて告げた。

「こ、殺された……」

富蔵は驚き、素《す》っ頓狂《とんきょう》な声を上げた。

「ああ……」

幸吉は頷いた。

巳之吉が殺された事を初めて知った富蔵の驚きに嘘偽りはない……。

幸吉は見定めた。

「親分、一体誰が巳之吉を殺ったんですか……」

富蔵は、嗄《しやが》れ声を震わせた。

「そいつを知りたくてな。巳之吉、誰かに恨まれていなかったかな」

「そりゃあ、恨まれるような真似もしていたでしょうが、殺される程の事は。仁《に》吉《きち》、お前、何か知っているか……」

富蔵は、痩せた博奕打ちに訊いた。

「え、いえ。あっしは何も存じません……」

仁吉と呼ばれた痩せた博奕打ちは、慌てて否定した。

「親分さん、聞いての通りだ。巳之吉の野郎、俺たちの知らねえ処で殺される程の恨みを買っていたんですぜ」

富蔵は、言い募《つの》った。

「そうか。巳之吉がどんな恨みを買っていたか知らないか……」

幸吉は苦笑した。

幸吉と新八は、博奕打ちの貸元八幡の富蔵の家を出た。

「親分、富蔵の奴、本当に何も知らないようですね」

新八は睨んだ。

「うん。だが、仁吉って博奕打ちは知っているかもな……」

幸吉は読んだ。

「仁吉ですか……」

新八は眉をひそめた。

「ああ……」

幸吉は、慌てて否定した仁吉が気になった。

「分かりました。仁吉の野郎に張り付いてみます」

新八は、喉を鳴らして頷いた。

「うん。そうしてくれ……」

幸吉は頷いた。


江戸川の緩やかな流れは、夕陽に煌めいた。

勇次と清吉は、小日向の馬場の端から江戸川の流れを眺めた。

「雨の降る神楽坂を上がり、納屋で巳之吉を殺し、五軒町の路地を眺め、で、此処から雨上がりの江戸川沿いの道を音羽《おとわ》に向かった……」

勇次と清吉は、渡世人の足取りを辿《たど》り、音羽の方に行ったのを知った。

「音羽か、目白坂から雑司《ぞうし》ヶ谷《がや》ですか……」

清吉は読んだ。

「ああ……」

勇次は頷いた。

日は暮れた。

貸元の八幡の富蔵は、賭場を開帳していないのか出掛ける事はなかった。

新八は、物陰に潜んで博奕打ちの仁吉が動くのを待っていた。

「おう。御苦労さん……」

雲海坊がやって来た。

「雲海坊さん……」

「新八は面が割れているから助っ人に行けと親分に云われてね」

「そうですか、助かります」

「で、その仁吉って博奕打ち、未だ動かないんだな」

雲海坊は、饅頭笠を上げて貸元の八幡の富蔵の家を窺った。

「ええ。博奕打ちの仁吉、痩せた野郎です」

新八は告げた。

「あいつかな……」

雲海坊は、富蔵の家から出て来た痩せた博奕打ちを示した。

仁吉だった……。

「ええ。野郎が仁吉です」

新八は見定めた。

仁吉は、辺りを警戒の眼で見廻し、外濠沿いの道を神楽坂に向かった。

「雲海坊さん……」

「うん。俺が先に行くよ」

「お願いします」

雲海坊は、面の割れている新八より先に仁吉を尾行た。

新八は、雲海坊に続いた。

仁吉は、神田川沿いの道を進み、小石川御門前から水戸藩江戸上屋敷の東の端を曲がった。

雲海坊は尾行し、新八が続いた。

仁吉は、壱岐殿坂《いきどのざか》に進んで本郷《ほんごう》の通りに出た。そして、本郷の通りを四丁目に進み、湯島《ゆしま》の切通しから不忍池に向かった。

雲海坊と新八は尾行た。


夜の不忍池には月影が揺れていた。

仁吉は、不忍池の畔を進み、軒行燈《のきあんどん》の灯された料理屋『青柳《あおやぎ》』の木戸門を潜った。

雲海坊は、木陰で見届けた。

「此処に入りましたか……」

新八は、雲海坊に駆け寄った。

「ああ。誰と逢うのかな」

雲海坊は、中年の下足番のいる料理屋『青柳』を眺めた。

「ちょいと訊いてみますか……」

「うん……」

「じゃあ……」

新八は、木戸門を潜って中年の下足番に近付いた。

「やあ……」

新八は、中年の下足番に笑い掛けた。

「ちょいと、訊きたい事があるんだが……」

新八は、中年の下足番に小粒を握らせた。

「何ですかい……」

中年の下足番は、小粒を固く握り締めた。

「今入ったお客、誰と逢っているのか分かるかな」

新八は尋ねた。

「ああ。あのお客なら、梅鳳堂《ばいほうどう》の旦那と逢っていますぜ」

中年の下足番は告げた。

「梅鳳堂の旦那……」

「ええ。梅鳳堂は神田鍛冶町《かじちょう》の銀器屋《しろがねや》で、旦那は吉右衛門《きちえもん》さまにございますよ」

「銀器屋の梅鳳堂で吉右衛門の旦那ですか……」

新八は、念を押した。

「ええ……」

中年の下足番は、小粒を固く握り締めて頷いた。

博奕打ちの仁吉は、不忍池の料理屋『青柳』で神田鍛冶町の銀器屋『梅鳳堂』主の吉右衛門と逢った。

「博奕打ちと銀器屋の旦那か、似合わない組み合わせだな……」

雲海坊は苦笑した。

「そいつはもう。何かありますよ」

新八は眉をひそめた。

「ああ。銀器屋の梅鳳堂と旦那の吉右衛門。親分に報せて洗って貰うか……」

「ええ……」

新八は頷いた。

夜の不忍池に鳥の鳴き声が甲高《かんだか》く響き渡った。

二

「ほう。殺された巳之吉の仲間の博奕打ちが、神田鍛冶町の銀器屋梅鳳堂の旦那と逢っていたか……」

久蔵は苦笑した。

「はい。博奕打ちの仁吉と梅鳳堂の吉右衛門旦那。どんな拘わりがあるのか……」

幸吉は眉をひそめた。

「うむ……」

「それから、此奴《こいつ》は未だはっきりしませんが、渡世人が雨の降る中、五軒町の鍛金師の家を眺めていたってのがありましてね」

「五軒町の鍛金師……」

久蔵は眉をひそめた。

「はい……」

幸吉は頷いた。

「銀器屋と鍛金師。気になりますね」

和馬は眉をひそめた。

「うむ。よし。和馬、柳橋の。銀器屋の梅鳳堂吉右衛門と五軒町の鍛金師、洗ってみるんだな……」

久蔵は命じた。

江戸川に架かっている石切橋を渡ると小日向水道町になり、そのまま進むと江戸川橋に出る。

勇次は、江戸川橋の袂に佇み、音羽町の町家の連なりを眺めた。

音羽町は九丁目から一丁目迄あり、その先に神霊山護国寺《ごこくじ》があった。

神霊山護国寺は、五代将軍綱吉《つなよし》の生母桂昌院《けいしょういん》の発願《ほつがん》で建立《こんりゅう》された寺であり、音羽町は、桂昌院に仕えた奥女中の音羽が拝領した町屋である。

渡世人は音羽の何処かにいるのか……。

勇次は、聞き込みを掛けた。だが、音羽で渡世人を見掛けた者はいなかった。

「勇次の兄貴……」

清吉が、関口駒井町《せきぐちこまいちょう》の方から駆け寄って来た。

「どうだ」

「いました」

「いたか……」

「はい。渡世人が目白坂を雑司ヶ谷に向かって行くのを見た人がいました」

清吉は報せた。

「目白坂を雑司ヶ谷か……」

雑司ヶ谷には鬼子母神《きしもじん》があり、田畑や雑木林が広がっていた。

隠れる場所は幾らでもある……。

「ええ……」

「よし……」

勇次と清吉は、目白坂を雑司ヶ谷に向かった。

目白坂の両側には旗本屋敷が連なり、行き交う人々は少なかった。

外濠は煌めいた。

博奕の貸元八幡の富蔵の家は、変わった様子は窺えなかった。

「巳之吉が殺されても、変わった様子や慌てた様子は窺えませんね」

新八は、微かな戸惑いを過らせた。

「ああ。殺された巳之吉、貸元の富蔵より仁吉と親しかったのかもしれないな」

雲海坊は読んだ。

「それにしても仁吉、銀器屋の梅鳳堂吉右衛門とどんな拘りなんですかね」

「おそらく梅鳳堂吉右衛門には裏の顔があり、仁吉はその使いっ走りでもしているんだろう」

雲海坊は苦笑した。

「裏の顔ですか……」

新八は眉をひそめた。

「ああ。ま、そいつは親分と秋山さまが突き止めるだろうぜ」

「ええ……」

「新八……」

雲海坊は、貸元八幡の富蔵の家を示した。

博奕打ちの仁吉が現れ、辺りを警戒しながら外濠沿いの道を牛込御門に向かった。

「よし。追うよ……」

雲海坊は、新八を促して仁吉を追った。

五軒町の裏通りの路地には、金属を打つ音が小刻みに響いていた。

由松は、金属を打つ音が小刻みに響く奥の家を一瞥して自身番に向かった。


「鍛金師の宗平さんですか……」

自身番の店番は、微かな戸惑いを滲ませた。

「ええ。どんな人ですか……」

由松は、己の素性を告げて尋ねた。

「そりゃあもう、腕の好い鍛金師。尤《もっと》も銀器を作る銀職人、銀師《しろがねし》って奴でしてね。江戸でも五本の指に入る名人だけに頑固で拘《こだわ》りの強い職人ですよ」

店番は苦笑した。

「へえ、そんな名人なんですか……」

「ええ。作る品物は、金持ち好事家《こうずか》の注文誂《あつら》えが専《もっぱ》らだそうですよ」

「そいつは凄《すご》いや。で、娘さんと二人暮らしですね」

「ええ。おかみさんは五年前に病で亡くなり、おゆみちゃんて娘と二人暮らしです」

「二人暮らし……」

「ええ……」

「倅はいないんですかね」

「倅、ですか……」

「ええ……」

由松は、町内名簿を捲る店番の返事を待った。

「いませんね。宗平さんに倅は……」

「いない」

「ええ。死んだ倅も、勘当《かんどう》した倅もいませんねえ」

店番は、町内名簿を閉じた。

「そうですか……」

由松は眉をひそめた。

由松は、勇次たちが追っている渡世人が銀師の宗平と何らかの拘わりがある者だと睨んでいた。だが、睨みは外れたようだ。

渡世人は、銀師の宗平の倅ではなかった。

「処で宗平さん、名人だって云うのに弟子はいないんですか……」

由松は尋ねた。

「昔は大勢いたって話ですが、修業が厳しいってんで、一人辞め、二人辞めて。此処十年、弟子はおりませんよ」

店番は告げた。

「そうですか……」

由松は頷いた。

渡世人は、雨に濡れながら銀師宗平の家を眺めていた。

銀師の宗平と渡世人は、何らかの拘わりがあるのだ。

それは何か……。

由松は、路地に戻って奥の宗平の家の見張りに就《つ》いた。

金属を打つ甲高い音が、小刻みに響いていた。

神田鍛冶町は、日本橋と神田八つ小路を結ぶ通りにある。

和馬は、鍛冶町にある銀器屋『梅鳳堂』を眺めた。

銀器屋『梅鳳堂』は、軒下に大名旗本家御用達《ごようたし》の金看板を何枚も掲げ、老舗《しにせ》らしい格式を漂わせていた。

「和馬の旦那……」

幸吉が、駆け寄って来た。

「どうだ」

「ええ。銀器屋梅鳳堂吉右衛門、中々の商売上手のようですよ」

幸吉は、梅鳳堂を眺めた。

「うん。店構えを見ても、そんな風だよ」

和馬は苦笑した。

「ええ。で、店は番頭に任せ、吉右衛門は銀器を好まれるお旗本や大店の御隠居さまのお屋敷を廻り、いろいろ売り込んだり、注文を取ったり、忙しくやっているとか……」

「して、悪い評判は……」

和馬は訊いた。

「余りないのですが、強いて云えば、押しの強い駆け引き上手、いつの間にか買わされているそうですよ」

「そいつは恐ろしいな……」

和馬は苦笑した。

「ええ。ま、とにかく、旦那の吉右衛門さんに逢ってみますか……」

「うん……」

和馬と幸吉は、銀器屋『梅鳳堂』に向かった。

銀器屋『梅鳳堂』の座敷は、通りに面した店とは違って静けさに満ちていた。

和馬と幸吉は、出された茶を啜った。

「お待たせ致しました……」

羽織を纏《まと》った初老の旦那が現れた。

「梅鳳堂吉右衛門にございます」

初老の旦那は名乗った。

吉右衛門は、恰幅《かっぷく》が良く、油断ならない眼付きをしていた。

「うむ。私は南町奉行所定町廻り同心の神崎和馬。こっちは岡っ引の柳橋の幸吉……」

和馬は名乗り、幸吉を引き合わせた。

幸吉は黙礼した。

「神崎さまと柳橋の親分さん……」

吉右衛門は、油断のない眼で微笑んだ。

「うむ……」

「して、御用とは……」

「そいつなのだが、吉右衛門。お前さん、巳之吉って博奕打ちを知っているね」

和馬は、吉右衛門を見据えた。

「博奕打ちの巳之吉ですか……」

吉右衛門は、既に巳之吉の死を博奕打ちの仁吉から聞いている所為か落ち着いていた。

「うむ……」

「はい。偶に息抜きをする時、いろいろ案内をして貰っていましたが……」

吉右衛門は眉をひそめた。

「殺されたのは知っているね」

「はい……」

吉右衛門は頷いた。

「巳之吉、誰にどうして殺されたか、心当たりはあるかな……」

和馬は尋ねた。

幸吉は、吉右衛門の様子を見守った。

「さあ、心当たりなどございませんが……」

吉右衛門は首を捻った。

「そうか。心当たりはないか……」

「はい……」

「ならば吉右衛門。お前さん、恨まれている覚えはないかな」

和馬は、不意に尋ねた。

「えっ。手前ですか……」

吉右衛門は、不意の質問に微かに狼狽えた。

「うむ。どうだ、恨まれている覚えはないかな……」

「は、はい。恨まれている覚えはありませんが、何分にも長い間、商売をしていると、思わぬ恨みを買ったり、逆恨みをされる事も多く……」

吉右衛門は眉をひそめた。

「そりゃあそうだろうな……」

和馬は頷いた。

「はい……」

吉右衛門は頷いた。

幸吉は、頷く吉右衛門の眼に狡猾さが過ったのを見逃さなかった。

和馬と幸吉は、銀器屋『梅鳳堂』を振り返った。

「吉右衛門、噂通り、一筋縄じゃあいかない野郎だな……」

和馬は苦笑した。

「ええ。巳之吉殺しに拘りないとは、云い切れませんね」

幸吉は睨んだ。

「うむ……」

「さあて、此れで吉右衛門がどう動くか……」

幸吉は苦笑した。

神楽坂には多くの人が行き交っていた。

博奕打ちの仁吉は、外濠沿いの道から牛込御門前を神楽坂に上がった。

雲海坊と新八は尾行た。

仁吉は、神楽坂を上がって肴町と通寺町の間、行元寺の西側の道に進んだ。

「さあて、何処に行くのか……」

雲海坊は眉をひそめた。

「ひょっとしたら五軒町かもしれません」

新八は、渡世人が雨の中、五軒町の銀師宗平の家を眺めていたのを聞いていた。

「五軒町……」

「はい……」

新八は、己の読みの理由を告げた。

仁吉は、大名旗本屋敷の間を通って五軒町に入り、裏通りの路地の前で立ち止まった。

雲海坊と新八は、物陰から見張った。

仁吉は、辺りに不審はないと見定め、路地に入った。

新八は路地に走り、入口から奥を窺った。

仁吉は、路地奥の家の腰高障子の前に佇んでいた。

路地奥の家の腰高障子が開き、十六、七歳の娘が顔を見せた。

仁吉は、娘を押込むように家に入って腰高障子を閉めた。

新八は見届けた。

「奥の家に入ったか……」

雲海坊は、新八に近寄った。

「ええ……」

新八は頷いた。

「野郎、何処の誰かな」

由松が、物陰から出て来た。

「由松さん……」

「野郎は殺された巳之吉と連んでいた博奕打ちの仁吉だ。路地の奥の家、銀師の宗平さんの家か……」

雲海坊は、由松が見張っていた処から奥の家の主が誰か読んだ。

「ええ。で、博奕打ちの仁吉、何しに来たんですかね」

由松は眉をひそめた。

「うん。仁吉の野郎、銀器屋の梅鳳堂吉右衛門と逢っていてな。その拘わりだろうな」

雲海坊は読んだ。

「梅鳳堂吉右衛門ですか……」

「ああ。で、由松の方は……」

「今の処、渡世人は現れません。で、宗平さんの身辺を調べたんですが、渡世人と思われるような者はいないんですよ」

由松は告げた。

「いないのか……」

「ええ。それで渡世人の来るのを見張っているんですが……」

「そうか……」

「雲海坊さん、由松さん……」

新八は呼んだ。

宗平の家の腰高障子が開いた。

新八、由松、雲海坊は、物陰から見守った。

仁吉が宗平の家から現れ、辺りを見廻して来た道を戻り始めた。

「追います」

新八は、追い掛けようとした。

「待ちな……」

由松は止めた。

宗平の家からおゆみが現れ、思い詰めた面持ちで仁吉を追った。

「由松さん……」

新八は戸惑った。

「追うぞ……」

由松は追った。

新八と雲海坊は続いた。


「仁吉さん……」

五軒町を出たおゆみは、先を行く仁吉を天徳院の山門前で呼び止めた。

仁吉は立ち止まり、怪訝《けげん》な面持ちで振り返った。

おゆみが駆け寄った。

「おう。何だい、おゆみちゃん……」

仁吉は、狡猾な眼を向けた。

「お願いです。もう、お父っつあんに拘わらないで下さい」

おゆみは、仁吉に深々と頭を下げて頼んだ。

「おゆみちゃん、お願いの筋が違うよ。此奴は元々宗平さんが持ち込んだ話だよ」

仁吉は、嘲笑を浮かべた。

「それは知っています。ですが、お父っつあんはもう止めたいと……」

おゆみは、懸命に頼んだ。

「おゆみちゃん、こっちはいつ止めたって良いんだ。でも、止めて一番困るのは、宗平さんになるんじゃあないのかな……」

仁吉は、狡猾な笑みを浮かべた。

「そ、そんな……」

おゆみは怯《ひる》んだ。

「じゃあ、余計な事は考えずに大人しくしているんだな」

仁吉は、おゆみに冷酷な一瞥を与えて歩き出した。

おゆみは、思い詰めた顔で懐から出刃包丁を出し、巻いていた手拭いを取って構え、仁吉に向かった。

「止めなさい……」

雲海坊が一喝し、衣を翻《ひるがえ》して走った。

おゆみは、驚いて立ち止まった。

仁吉は振り返り、おゆみの握っている出刃包丁に気が付いた。

おゆみは、我に返ったように出刃包丁を落とし、その場に崩れた。

仁吉は、天徳院の山門前から逃げるように離れた。

新八と由松は、物陰伝いに仁吉を追った。

雲海坊は、その場に崩れたおゆみに駆け寄った。

「大丈夫かな……」

雲海坊は、おゆみに笑い掛けた。

「お坊さま……」

おゆみは、項垂《うなだ》れて涙を零《こぼ》した。

「さあ。お立ちなさい」

「は、はい……」

雲海坊は、おゆみを優しく立たせた。

「さあ……」

雲海坊は、おゆみを天徳院の外れに誘った。

おゆみは、前掛けで涙を拭《ぬぐ》って続いた。

「あの男、何をしたのかな」

雲海坊は尋ねた。

「は、はい……」

「おゆみちゃんと云ったな。奴が悪事を働いたなら、私がお上に訴え出るが……」

雲海坊は、厳しい面持ちで告げた。

「いえ。何でもありません……」

おゆみは、微かに狼狽えた。

「そうか。何でもなければ良いが、私は托鉢坊主の雲海坊だ」

「雲海坊さま……」

「うむ。此の界隈で托鉢をしている。何か困った事があったら呼び止めてくれ」

雲海坊は笑い掛けた。

「は、はい……」

おゆみは頷いた。

「うむ。じゃあ、お父っつあんが心配している。早く家に帰りなさい」

「はい。では、雲海坊さん……」

おゆみは、雲海坊に深々と頭を下げて足早に家に帰って行った。

雲海坊は見送った。

三

牛込肴町から神楽坂……。

仁吉は、神楽坂を足早に下りた。

由松と新八は追った。

「何処に行くのかな……」

「博奕打ちの貸元の富蔵の家かもしれません」

新八は告げた。

「仁吉、富蔵の処の博奕打ちか……」

由松は、博奕打ちの貸元の富蔵を知っていた。

「ええ。尤も今度の一件に富蔵が拘っているかどうかは分かりませんが……」

「そうか……」

由松と新八は、神楽坂を下りて行く仁吉を追った。

牛込御門の架かっている外濠は、日差しに煌めいていた。


目白坂の両側には、大名旗本家の屋敷が並んでいる。

勇次と清吉は、大名旗本屋敷の奉公人や行き交う者たちに縞の合羽に三度笠の渡世人を見掛けないか尋ね歩いた。

だが、渡世人を見掛けた者はいなかった。

勇次と清吉は、目白坂を進んで下雑司ヶ谷町《よつやちよう》に入った。

雑司ヶ谷鬼子母神は、目白坂から四家町の奥に入った処にあった。

勇次と清吉は、四家町の一膳飯屋に入り、聞き込みを兼ねて腹拵《はらごしら》えをした。

「縞の合羽に三度笠の渡世人かい……」

一膳飯屋の老亭主は、訊き返した。

「ええ。近頃、見掛けませんかね」

清吉は尋ねた。

「さあて、旅人は時々来るけど、渡世人は見掛けないねえ」

老亭主は首を捻った。

「そうですか……」

「じゃあ、近頃、新しいお客はいませんか……」

勇次は尋ねた。

「新しいお客……」

「ええ。町方の若い男で……」

「そう云やあ、一人いるよ」

「一人いる。どんな奴ですか……」

「月代《さかやき》を伸ばした野郎で、ありゃあ、遊び人か博奕打ちって処かな……」

老亭主は告げた。

「勇次の兄貴……」

清吉は、縞の合羽と三度笠を取った渡世人を思い浮かべた。

「うん。で、そいつが何処に住んでいるのか分かりますかい」

「さあて、そこ迄は知らねえが、飯を食い終わって鬼子母神の方に行ったよ」

老亭主は、鬼子母神の方を眺めた。

「兄貴……」

縞の合羽に三度笠の渡世人は、鬼子母神界隈の何処かにいるのかもしれない。

清吉は読んだ。

「うん。親父さん、造作を掛けたね」

勇次は礼を述べ、清吉と鬼子母神に向かった。

雑司ヶ谷鬼子母神の境内には、僅かな参拝客が行き交い、近所の幼子が遊んでいた。

勇次と清吉は、鬼子母神の周囲を見廻した。

鬼子母神の周囲には雑木林があり、緑の田畑が広がっていた。

勇次と清吉は、渡世人を捜して聞き込みを始めた。


博奕打ちの仁吉は、外濠沿いの道を市ヶ谷に向かっていた。

「どうやら、貸元の富蔵の家に帰るようですね……」

新八は睨んだ。

「ああ……」

由松は頷いた。

仁吉は、軽い足取りで進み、貸元の富蔵の家に入った。

由松と新八は見届け、堀端に立ち止まった。

「新八、富蔵の家の向こうの路地だ……」

由松は、貸元富蔵の家の向こうの路地の入口を示した。

「えっ……」

新八は、富蔵の家の向こうの路地を見た。

月代を伸ばした若い男が、路地の奥に素早く引っ込んだ。

「新八、裏に廻れ……」

由松は、新八を促した。

「はい」

新八は、裏通りに走った。

由松は、貸元富蔵の家の向こうの路地に進んだ。

新八は、裏通りに走って貸元富蔵の家の裏の家並の路地を見ながら走った。

月代を伸ばした若い男が先の路地から現れ、裏通りを市ヶ谷に向かって走った。

「野郎……」

新八は追った。

月代を伸ばした若い男は、裏通りから浄瑠璃坂《じょうるりざか》に進み、猛然と駆け上がった。

新八は追った。

月代を伸ばした若い男は、浄瑠璃坂を駆け上がった。

くそ……。

新八は必死に追い、浄瑠璃坂の上に出た。

浄瑠璃坂の上は三叉路《さんさろ》に分かれており、旗本屋敷に囲まれていた。

月代を伸ばした若い男は、既に何処にもいなかった。

逃げられた……。

新八は、立ち止まって両膝に両手をついて息を整えた。

「新八……」

由松が、浄瑠璃坂を駆け上がって来た。

「逃げられました……」

新八は、乱れた息を整えながら報せた。

「そうか……」

「あの野郎、捜している渡世人なんですかね」

新八は眉をひそめた。

「うむ。もし、そうだとしたら、巳之吉の次は仁吉の命を狙っているのかな……」

由松は読んだ。

「きっと……」

新八は頷いた。

「よし。仁吉を見張るぞ」

由松は決めた。

雑司ヶ谷鬼子母神は夕陽に染まった。

勇次と清吉は、渡世人を捜して聞き込みを続けた。だが、渡世人らしき若い男は浮かばなかった。

疲れた五体に茶は美味《うま》かった。

勇次と清吉は、境内の片隅にある茶店で茶を啜った。

「いませんねえ……」

清吉は、吐息を洩らした。

「ああ……」

「目白坂から高田馬場《たかだのばば》か早稲田《わせだ》の方でしたかねえ……」

「うん……」

勇次と清吉は、鬼子母神の境内を眺めた。

参拝客は途絶え、遊んでいた幼子も家に帰り、閑散としていた。

縞の合羽に三度笠の渡世人が、境内の向こうの鳥居の前を前のめりに通り過ぎて行った。

「あ、兄貴……」

清吉は驚いた。

「清吉……」

勇次と清吉は、呆然と顔を見合わせ、弾かれたように茶店を走り出た。

勇次と清吉は、鬼子母神の鳥居の外に走り出た。

だが、鳥居の外の参道に人影はなく、田畑は夕暮れに覆われていた。

勇次と清吉は捜した。

外濠に月影は揺れていた。

由松と新八は、貸元富蔵の家にいる博奕打ちの仁吉を見張っていた。

暮六つ(午後六時)が過ぎ、堀端を行き交う人は途切れ始めた。

「由松さん……」

新八が、富蔵の家を示した。

貸元の富蔵が、仁吉たち博奕打ちを従えて出掛けて行った。

「賭場に行くんですかね」

「きっとな……」

由松と新八は、富蔵と仁吉たちを追った。

八幡町の家を出た富蔵と仁吉たちは、火之番町《ひのばんちょう》から御納戸町《おなんどまち》を抜け、若狭国小浜藩《わかさのくにおばまはん》江戸上屋敷前の寺町に進んだ。

由松と新八は尾行た。

富蔵と仁吉たちは、寺町の外れにある古寺の裏門に廻った。そして、三下に迎えられて古寺の裏門を潜り、裏庭にある家作に入って行った。

「やっぱり賭場ですね……」

新八は、木陰から家作を眺めた。

「ああ。昼間、路地に潜んでいた野郎、もう、何処かに潜んでいるかもな」

由松は読んだ。

「ええ。ひょっとしたら、もう盆茣蓙を囲んでいるかもしれませんぜ」

「よし。入ってみるぜ」

由松は告げた。

「じゃあ、あっしは外を……」

「うん……」

由松は、裏門にいる三下の許に進んだ。

「おう。此処か富蔵の貸元の賭場は……」

「はい。お前さんは……」

「仁吉の口利きで来た由松って者だ」

「それはそれは、どうぞ……」

「ああ。遊ばせて貰うぜ」

由松は、裏門を潜って家作に進んだ。

新八は、木陰に潜んで辺りを窺った。

賭場は緊張に満ちていた。
由松は、盆茣蓙を囲んでいる客を見廻した。
昼間、富蔵の家を窺っていた月代を伸ばした若い男はいなかった。
盆茣蓙の奥には貸元の富蔵が座り、仁吉が背後にいた。
今の処、変わった事はないようだ……。
由松は見定め、次の間で酒を飲み始めた。
賭場は、緊張と熱気で静かに賑わった。

刻《とき》が過ぎた。
寺の裏門には、賭場の客と思われる者たちが出入りしていた。
新八は、出入りする客たちに月代を伸ばした若い男を捜した。
だが、出入りする客や周囲の闇にそれらしい男はいなかった。
新八は、緊張を強いられた。

五軒町の路地の小さな家々には、明かりが灯されて笑い声が洩れていた。
雲海坊は物陰に潜み、奥にある宗平の家を見張っていた。

おゆみは、井戸端で夕食の後片付けをして家に戻ったまま現れる事はなかった。
雲海坊は、見張り続けていた。
宗平の家の腰高障子が開き、年老いた職人が出て来た。
銀師の宗平……。
雲海坊は、年老いた職人が銀師の宗平だと見定めた。
宗平は、井戸端に行って水を飲み、夜空を見上げた。
夜空には星が煌めいていた。
宗平は、星空を眺めて小さな吐息を洩らした。
何かを思い詰めている……。
雲海坊は読んだ。
宗平は、何かを思い切るかのように顔を背《そむ》け、家に戻って行った。
銀師の宗平は、渡世人とどんな拘わりがあるのか……。
博奕打ちの仁吉とは……。
そして、おゆみが博奕打ちの仁吉に出刃包丁を向けた事を……。
雲海坊は、小さな明かりの映えている宗平の家を見詰めた。
夜廻りの木戸番の打つ拍子木の音が、夜空に甲高く響き渡った。

賭場には、客たちの熱気と煙草の煙が満ちていた。
由松は、仁吉を窺いながら勝ち負けを繰り返して刻を過ごした。
仁吉は、貸元の富蔵の手伝いをしており、動く事はなかった。
三下が現れ、仁吉に何事かを告げた。
仁吉は頷き、富蔵に何事かを囁いて賭場から出て行った。
由松は気が付いた。
「よし。一休みだ……」
由松は、大きく背伸びをして盆茣蓙を離れ、廊下に出た。
仁吉は、家作から出て行った。
由松は、仁吉を追った。
仁吉は、家作から裏庭に出た。そして、古寺の本堂の脇を抜けて表に向かった。
由松は、家作から出て来て仁吉を追った。
古寺の境内は荒れており、本堂や庫裏に明かりは灯されていなかった。

仁吉は本堂の裏から現れ、辺りを窺った。
「仁吉だ……」
仁吉は、夜の闇に囁いた。
男が、本堂の回廊に現れた。
「おう。旦那の急用ってのは何だ……」
仁吉は、回廊に現れた男を見上げた。
刹那《せつな》、回廊にいた男は長脇差を抜き、縞の合羽を翻して仁吉に飛び掛かった。
渡世人だった。
仁吉は驚き、咄嗟《とっさ》に逃げようとした。
長脇差が閃《ひらめ》いた。
仁吉は、背中を斬られ、前のめりに倒れた。
渡世人は、倒れた仁吉に長脇差を翳《かざ》した。
次の瞬間、本堂の縁の下から現れた由松が渡世人に体当たりをした。
渡世人は、転がりながらも直ぐに立ち上がり、縞の合羽を翻して逃げた。
「待ちやがれ……」
由松は、追い掛けようとした。

「た、助けて……」

仁吉が苦しく呻いた。

由松は、渡世人を追うのを止めて仁吉に駆け寄った。

「おい。しっかりしろ」

由松は、仁吉の様子を窺った。

仁吉は、気を失っていた。

よし……。

由松は、気を失っている仁吉を背負い、町医者の許に走った。

仁吉は、意識を失ったままだった。

手当てをした町医者は、仁吉が助かるかどうかは何も云わなかった。

「博奕打ちの巳之吉に続き、仁吉か……」

久蔵は眉をひそめた。

「はい。由松と新八が見張っていたのですが……」

幸吉は、悔し気に告げた。

「由松と新八に怪我はないのか……」

久蔵は心配した。

「は、はい」

「そいつは良かった。して幸吉、渡世人の行方《ゆくえ》は……」

「勇次と清吉が雑司ヶ谷の鬼子母神迄、足取りを辿っていたのですが……」

「そうか……」

「はい。引き続き追っています」

「うむ。して柳橋の、銀師の宗平が事件にどう絡んでいるのか分かったのか……」

久蔵は尋ねた。

「そいつは未だなのですが、宗平の娘のおゆみが仁吉に出刃包丁を向けましてね」

「娘のおゆみが……」

久蔵は眉をひそめた。

「はい。雲海坊が止めましたが……」

「そうか……」

「で、雲海坊が、父親の宗平も何か屈託がありそうだと……」

幸吉は告げた。

「おゆみが仁吉に出刃包丁を向けたのは、父親の宗平が絡んでいるか……」

久蔵は読んだ。

「はい。おそらく……」

幸吉は頷いた。

「して、和馬。博奕打ちの貸元富蔵はどうしている」

「はい。身内の仁吉が襲われて熱《いき》り立っていますが、巳之吉や仁吉の件と、富蔵は拘わりはなさそうです」

和馬は読んだ。

「うむ。巳之吉と仁吉、此度《こたび》の一件では、貸元の富蔵より、銀器屋梅鳳堂の主吉右衛門と連んでいるようだな」

久蔵は睨んだ。

「はい……」

和馬は頷いた。

「よし。和馬、吉右衛門の身辺と仕事、詳しく洗ってみろ。それから柳橋の、吉右衛門に見張りを付けろ……」

久蔵は命じた。

四

神田鍛冶町の銀器屋『梅鳳堂』は、いつも通りの商売をしていた。

由松と新八は見張った。

銀器屋『梅鳳堂』には、二人の浪人が入って行った。

「由松さん。銀器屋には似合わない客ですよ」

新八は眉をひそめた。

「ああ。吉右衛門、巳之吉に続いて仁吉が襲われ、用心棒を雇ったのかもな……」

由松は読んだ。

「ええ。って事は、吉右衛門、仁吉の次は自分が襲われると思っているんですかね」

新八は読んだ。

「きっとな……」

由松は頷いた。

「どうだ……」

幸吉がやって来た。

「吉右衛門、用心棒を雇ったようです」

由松は報せた。

「用心棒か……」

幸吉は眉をひそめた。

博奕打ちの巳之吉と仁吉が襲われ、銀器屋『梅鳳堂』吉右衛門は用心棒を雇った。

吉右衛門は、次は自分が襲われると思っている……。

巳之吉、仁吉、吉右衛門は、どんな拘りなのか……。

縞の合羽に三度笠の渡世人は、三人にどんな恨みを抱えているのか……。

そして、銀師の宗平は一件にどう拘わっているのか……。

幸吉は、由松、新八と銀器屋『梅鳳堂』を見張り、吉右衛門の動きと渡世人が現れるのを警戒した。

「えっ。正命寺《しょうみょうじ》って鬼子母神の裏にある寺に若い渡世人が草鞋《わらじ》を脱いでいる……」

勇次と清吉は、身を乗り出した。

「ええ。正命寺の寺男の善助《ぜんすけ》さんの遠縁だそうでしてね。何日か前から泊まっているようですよ」

正命寺に野菜を売っている老百姓は、小川で収穫した大根や青菜を洗いながら告げた。

「勇次の兄貴……」

清吉は、顔を輝かせた。

「うん。造作を掛けました。お陰で助かりました……」

勇次は、安堵を浮かべ、老百姓に礼を云って深々と頭を下げた。

「じゃあ……」

清吉と勇次は、鬼子母神裏の正命寺に急いだ。

正命寺は古い寺であり、境内や庭木は掃除や手入れが行き届いていた。

勇次と清吉は、正命寺の本堂、方丈《ほうじょう》、庫裏、納屋などに渡世人がいるかどうか探った。

正命寺には老住職と寺男の善助がおり、渡世人がいる気配はなかった。

「いる様子、ありませんね」

清吉は眉をひそめた。

「うん。よし、訊いてみる……」

勇次は、清吉に庫裏の戸口から境内を見張らせ、寺男の善助を訪れた。

「ああ。その渡世人なら手前の遠縁の文七《ぶんしち》ですが……」

善助は告げた。

「文七……」

勇次は、漸く縞の合羽に三度笠の渡世人の名が文七だと知った。

「ええ……」

「文七、今、何処に……」

「昨日の夕方、出て行きましたよ」

「昨日の夕方……」

「ええ。あの、文七、何かしたんですか……」

善助は、困惑を浮かべた。

「ええ。まあ。で、文七、生業は……」

　勇次は尋ねた。

「十年前、江戸を出る迄は、銀師の親方に可愛がられて修業に励んでいたんですが……」

「銀師の親方ってのは……」

「宗平さんって親方です」

「やっぱり……」

　渡世人の文七は、銀師宗平の弟子だった。

「で、文七、十年前、どうして江戸を出たんですか……」

「さあ。その辺の事情は良く分かりませんが、十年前の文七は十七、八の生意気盛り、親方の宗平さんに筋が良いと誉められ期待されて、調子に乗っていたと、本人も云っていましたよ……」

「調子に乗っていたってのは、文七、博奕にでも現《うつつ》を抜かしたんですかね」

「ええ。きっと……」

　勇次は読んだ。

　善助は、哀し気な面持ちで頷いた。

十年前、銀師の修業をしていた文七が江戸を出た理由は、親方だった宗平が知っている筈だ。

此れ迄だ……。

勇次と清吉は、雑司ヶ谷鬼子母神界隈での探索を終え、五軒町の銀師宗平の家に向かった。

路地奥の宗平の家からは、金属を打つ甲高い音が小刻みに鳴っていた。

銀を叩いて絞る鍛金の音だ。

銀師の宗平は、仕事をしている。

雲海坊は、物陰から宗平の家を見張った。

「雲海坊さん……」

勇次と清吉がやって来た。

「おう。渡世人、見付かったか……」

雲海坊は尋ねた。

「いえ。そいつは未だなんですが、渡世人は文七と云って十年前迄、宗平さんの弟子でしたよ……」

「文七、宗平さんの弟子……」

雲海坊は眉をひそめた。

「ええ。で、十年前に何故か江戸を出ているんですが、何があっての事なのか、
宗平さんに……」

勇次は告げた。

「訊きに来たか……」

「はい……」

勇次は頷き、宗平の家を見詰めた。

「おそらく、宗平は何も喋るまい……」

雲海坊は告げた。

「雲海坊さん……」

「宗平は銀師、職人だ……」

雲海坊は苦笑した。

宗平の家からは、銀を打つ音が甲高く小刻みに響いていた。

「秋山さま……」

和馬は、久蔵の用部屋を訪れた。

「おう。どうした……」

久蔵は、硯《すずり》に筆を置いて振り返った。

「銀器屋梅鳳堂吉右衛門ですが……」

「何か分かったか……」

「はい。吉右衛門、旗本や大店の旦那に香炉や置物などの値の張る銀器を売り込んでいるのですが、時々、銀無垢《むく》と称する物に銀張りの物があるとか……」

「紛《まが》い物での騙《かた》りか……」

「はい。ですが、此奴は飽く迄も噂で、銀張りを剝《は》がして迄、証明しようと云う者はいないそうです」

「何故だ……」

久蔵は眉をひそめた。

「そうした銀器が余りにも見事な出来だからだそうです」

和馬は苦笑した。

「余りにも見事な銀器か……」

「はい……」

「成る程、そう云う事か……」

久蔵は、不敵な笑みを浮かべた。

旦那の吉右衛門が、風呂敷包みを持った手代と二人の用心棒を従え、銀器屋『梅鳳堂』から出て来た。

「親分、由松さん……」

新八が、物陰にいる幸吉と由松を呼んだ。

「吉右衛門が出掛けるか……」

幸吉と由松は、小さく笑った。

「新八、先に行きな……」

由松は命じた。

「承知……」

新八は、足取り軽く吉右衛門たちを追った。

幸吉と由松は、新八に続いた。

吉右衛門は、手代と二人の用心棒を従えて神田八つ小路に向かった。

神田八つ小路は多くの人が行き交っていた。

吉右衛門一行は、須田町口《すだちょう》を出て神田川に架かっている昌平橋に向かった。

吉右衛門は、用心棒の一人に露払いをさせ、残る用心棒と手代を従えて昌平橋に進んだ。

新八、由松、幸吉は、周囲に注意を払って続いた。

菅笠《すげがさ》を被った男が、風呂敷包みを背負って俯き加減に昌平橋を渡って来た。そして、露払いの用心棒と擦れ違った途端、菅笠を被った男は背負っていた荷物を吉右衛門の前に落とした。

吉右衛門は驚き、立ち竦《すく》んだ。

刹那、菅笠を被った男は、匕首《あいくち》を抜いて吉右衛門に飛び掛かった。

吉右衛門は、悲鳴を上げた。

背後にいた用心棒が、咄嗟に吉右衛門を押し倒した。

菅笠を被った男は怯んだ。

新八、由松、幸吉は地を蹴った。

露払いの用心棒は、菅笠を被った男に抜き打ちの一刀を放った。

菅笠を被った男は、背中を斬られ血を飛ばして仰け反った。

周囲にいた人たちが驚き、悲鳴を上げて後退りをした。

幸吉、由松、新八たちは慌てた。

露払いの用心棒は、背中を斬られて倒れた菅笠を被った男に刀を振り翳した。

「止めろ……」

幸吉は怒鳴った。

「殺せ……」

吉右衛門は促した。

露払いの用心棒は頷き、倒れている菅笠を被った男の背に刀を突き刺した。

「退け……」

幸吉は、露払いの用心棒を突き飛ばした。

由松と新八が、幸吉に並んで菅笠を被った男を庇《かば》って身構えた。

「あっしは、南町奉行所の秋山久蔵さまから十手を預かっている柳橋の幸吉。此奴の身柄は預かりますぜ」

幸吉は、十手を構えた。

「親分、此奴は儂《わし》を殺そうとしたんだ」

吉右衛門は怒鳴った。

「だからと云って、殺して良い訳じゃあない」

幸吉は、吉右衛門を見据えて告げた。

由松は、左手に角手《かくて》を嵌《は》め、鼻捻《はなねじ》を握り締めた。

「お医者だ。お医者はいませんか……」

新八は叫んだ。

「おお。儂は医者だ……」

薬籠《やくろう》を提げた町医者が現れた。

「お願いします……」

「うむ。怪我人をそこに運び、誰か水を持って来てくれ……」

町医者は、新八に菅笠を被った男を昌平橋の袂に運ばせ、傷を検《あらた》め始めた。

「今日はもう帰りますよ」

吉右衛門は、腹立たし気に二人の用心棒と手代を促して神田八つ小路の須田町口に戻り始めた。

「親分……」

由松は眉をひそめた。

「吉右衛門から眼を離すな」

幸吉は命じた。

「承知……」

由松は、吉右衛門たちを追った。

幸吉は見送り、菅笠を被った男の手当てをする町医者の許に行った。

「如何ですか、先生……」

幸吉は、心配げに尋ねた。

「うむ。かなり難しいな……」

町医者は眉をひそめた。

「そうですか……」

幸吉は、意識を失った男の歪んだ菅笠を取った。

月代を伸ばした二十歳半ばの男の顔は蒼ざめ、既に死相が浮いていた。

雑司ヶ谷正命寺の寺男の善助は、殺された月代を伸ばした二十歳半ばの男を渡世人の文七だと見定めた。

博奕打ちの巳之吉と仁吉を殺した渡世人の文七は、銀器屋『梅鳳堂』吉右衛門を襲い、用心棒に返り討ちになった。

「申し訳ありません……」

幸吉は詫びた。

「柳橋の、お前たちは出来る限りの事をした。詫びる必要はない」

久蔵は告げた。

「はい……」

「そうか。吉右衛門、次は自分が狙われると思い、用心棒を雇い、返り討ちにして文七の口を封じたか……」

久蔵は読んだ。

「秋山さま……」

「だが、確かな証拠は何一つないか……」

「はい……」

幸吉は、悔しそうに頷いた。

「柳橋の、文七が殺された事、銀師の宗平、知っているのか……」

「いえ。おそらく未だ……」

「そうか。よし……」

久蔵は、冷ややかな笑みを浮かべた。

銀師宗平の家からは、金属を打つ小刻みな音が響いていた。

雲海坊は、物陰から見張っていた。

着流しの武士が塗笠を被り、裏通りをやって来た。

秋山さまだ……。

雲海坊は、やって来た武士が久蔵だと気が付いて物陰から出た。

久蔵は、目深に被った塗笠を僅かに上げて雲海坊に近付いて来た。

雲海坊は、頭を下げて迎えた。

「御苦労だな……」

久蔵は雲海坊を労い、鍛金の小刻みな音のする路地奥の宗平の家を見た。

「銀師の宗平、いるか……」

「はい……」

「よし……」

久蔵は、塗笠を取った。

「どうぞ……」

おゆみは、框に腰掛けた久蔵に緊張した面持ちで茶を出した。

「うむ。造作を掛けるな。頂く……」

久蔵は、おゆみの出してくれた茶を飲んだ。

「それで秋山さま、文七は死んだのですか……」

宗平は、固い面持ちで尋ねた。

「うむ。梅鳳堂吉右衛門に襲い掛かったのだが、吉右衛門の用心棒の浪人に返り討ちにあってな……」

「そうですか……」

宗平は、眼を瞑《つぶ》り、そっと手を合わせた。

久蔵は茶を啜った。

「して宗平。十年前、文七は何故、江戸を出たのだ……」

「はい。十年前、文七は行く末の楽しみな修業中の若者でした……」

「うむ……」

宗平は、深い吐息を洩らした。

「ですが、博奕に現を抜かして質《たち》の悪い借金を作り、博奕打ちの巳之吉と仁吉に追われたのです。あっしは文七を何とか助けてやりたくて……」

宗平は、苦しそうに言葉を濁《にご》した。

「だが、文七は借金を残したまま江戸から逃げたか……」

久蔵は読んだ。

「はい。あっしが甘やかしたばかりに……」

宗平は悔やんだ。

「して。巳之吉と仁吉はどうした……」

「あっしに文七に代わって借金を払えと……」

「ほう。それで借金、払ったのか……」

「いえ。とても、あっしに払える借金ではなくて……」

「ならば、どうした……」

「巳之吉と仁吉は、銀器屋梅鳳堂吉右衛門旦那の注文を受けてくれれば、文七の借金は何時《いつ》か帳消しにすると……」

「成る程、それで吉右衛門の仕事を引き受けたか……」

「はい。鉛に銀を被せて銀無垢だと……」

宗平は、苦しげに告げた。

「紛い物の銀器を作らせ、高値で売り捌《さば》いたのだな……」

「はい。あっしが文七にしてやれる事はそれしかありませんでした……」

宗平は、悔しさと哀しさを滲ませた。

「秋山さま、吉右衛門さまと巳之吉や仁吉は、それ以来、銀師の宗平は秘かに紛い物を作っていると、お父っつあんを脅し続けて……」

おゆみは、必死に訴えた。

「紛い物を作らせて来たか……」

「はい……」

おゆみは、悔し涙を零した。

「そして、文七はそれを知り、江戸に舞い戻ったか……」

久蔵は、文七が巳之吉と仁吉を殺し、吉右衛門を襲った理由を知った。

「きっと。文七、あっしの為に……」

宗平は、哀し気に老顔を歪めた。

「良く分かった宗平。後の始末は私に任せて貰うよ」

久蔵は微笑んだ。

銀器屋『梅鳳堂』は、由松、勇次、新八、清吉に表と裏を見張られていた。

久蔵は、和馬と幸吉を従えて銀器屋『梅鳳堂』を訪れた。

主の吉右衛門は、久蔵と和馬を座敷に迎えた。

「秋山さま、御用とは……」

吉右衛門は、久蔵に探るような狡猾な眼を向けた。

「うむ。他でもない。吉右衛門、その方、銀師の宗平を脅し、紛い物の銀器を銀無垢だと偽り、高値で売っているそうだな」

久蔵は笑い掛けた。

「それはそれは、秋山さま、どのような証拠があってそのような事を……」

吉右衛門は、銀師の宗平が己の悪事を自白する筈はないと読み、薄笑いを浮かべて首を捻って見せた。

「うん。銀師の宗平が己の罪を認めて証言したよ」

「そ、そんな……」

吉右衛門は狼狽えた。

「筈はねえか……」

久蔵は苦笑した。

「え、ええ……」

吉右衛門は喉を鳴らした。

「人を嘗《な》めるんじゃあない、吉右衛門。人は我が身可愛さに口を噤《つぐ》む者ばかりじゃあない」

久蔵は、吉右衛門を厳しく見据えた。

「さあ、梅鳳堂吉右衛門、一緒に来て貰おう」

和馬は告げ、幸吉と吉右衛門に縄を打とうとした。

吉右衛門は、恐怖に喚《わめ》いて次の間に逃げようとした。

二人の用心棒が、次の間から現れた。

「助けてくれ、金は幾らでも遣る、助けて……」

吉右衛門は喚いた。

「煩い。神妙にしな……」

久蔵は、吉右衛門を引き摺《ず》り倒した。

吉右衛門は、悲鳴を上げて仰け反り倒れた。

「手前らか、文七を斬ったのは……」

久蔵は、二人の用心棒を見据え、刀を手にして立ち上がった。

幸吉は、呼子笛《よびこぶえ》を吹き鳴らした。

「ああ。旦那を殺そうとしたから返り討ちにした迄だ」

「それに奴は博奕打ちを二人も殺した人殺し、斬り棄てて咎められる謂れはない」

二人の用心棒は云い放った。

「さあてな。そいつを決めるのはお前たちじゃあない。此の秋山久蔵だ……」

久蔵は苦笑した。

「おのれ……」

二人の用心棒は、久蔵に斬り掛かった。

久蔵は踏み込み、十手を閃かせた。

二人の用心棒は、首筋を鋭く打ち込まれて倒れた。

戸口から勇次と新八、庭から由松と清吉が踏み込んで来た。

「和馬、柳橋の。容赦はいらねえ。吉右衛門たちをお縄にしな」

久蔵は命じた。

久蔵は、銀器屋『梅鳳堂』吉右衛門を死罪、二人の用心棒を遠島の刑に処した。

そして、銀師の宗平に江戸払いの裁きを下した。

江戸払いとは、高輪、四谷、板橋、千住の大木戸以内に住む事を禁じた刑だ。

銀師の宗平と娘のおゆみは、文七を知り合いの寺に葬り、板橋の大木戸の外に越して仕事を続ける事になった。

此れで渡世人の文七も成仏出来る……。

久蔵は微笑んだ。

第三話

鬼勇次

一

柳橋の船宿『笹舟』は、川風に暖簾を揺らしていた。

女将のお糸は、客を乗せた屋根船を見送って店先の掃除を始めた。

店の前には神田川が流れ、架かっている柳橋は両国《りようごく》広小路に続いている。

お糸は、掃除をしながら柳橋に佇んでいる質素な形の十五、六歳の娘に気が付いた。

「あっ、あの……」
十五、六歳の娘は、お糸が気が付いたのを切っ掛けに近寄って来た。
「あら、何ですか……」

お糸は、戸惑いを覚えながらも笑顔を向けた。

「こちらに勇次さん、いますか……」
十五、六歳の娘は、お糸に尋ねた。
「勇次、ええ、おりますよ」

「逢えますか……」
十五、六歳の娘は、声を弾ませた。
「あら。それが、勇次は今、仕事で出掛けているんですよ」

お糸は眉をひそめた。

「えっ。じゃあ、いつ頃、帰りますか……」
十五、六歳の娘は、不安気に尋ねた。
「さあ。何もなければ暮六つには帰ると思いますが……」

「暮六つ……」

今は未《ひつじ》の刻八つ（午後二時）を過ぎたばかりであり、暮六つ迄は未だ二刻もある。

「ええ……」

お糸は頷いた。

もしも、事件に遭遇すると、暮六つ迄に帰って来られるかどうかも分からない。

「そうですか……」
十五、六歳の娘は、肩を落とした。
「私は笹舟の女将のお糸。お前さんは……」

「あっ。失礼しました。私、堀江町《ほりえちょう》は桜《さくら》長屋に住むくみと申します」
十五、六歳の娘は、慌てて名乗った。
「堀江町は桜長屋のおくみさん……」

お糸は微笑んだ。

「はい……」

「勇次に用があるのなら、伝えますよ」

「はい。ありがとうございます。でも、もう良いです。いろいろ失礼致しました」

おくみは、お糸に深々と頭を下げて礼を述べ、足早に柳橋を渡り、両国広小路に向かって行った。

淋《さび》し気な後ろ姿だった。

お糸は、怪訝な面持ちで見送った。

船宿『笹舟』の暖簾は川風に揺れた。

神田川の流れは夕陽に煌めき、暮六つが近付いた。

「今、帰ったぜ……」

岡っ引の柳橋の幸吉は、南町奉行所定町廻り同心神崎和馬と市中見廻りを終え、下っ引の勇次を従えて船宿『笹舟』に帰って来た。

「お帰りなさい……」

女将のお糸は、帳場を出て幸吉と勇次を迎えた。

幸吉と勇次は、土間の隅で手足を濯《すす》いだ。

「変わった事はなかったかい……」

幸吉は、框に上がりながら尋ねた。

「ええ。何もありませんでしたよ」

「そうか……」

「勇次。堀江町は桜長屋に住んでいるおくみさんって人が訪ねて来ましたよ」

お糸は、框に腰掛けて濯いだ足を拭っている勇次に告げた。

「えっ、桜長屋のおくみ……」

勇次は、戸惑いを浮かべた。

「ええ。知り合いなんでしょう」

「ええ。餓鬼《がき》の頃、一緒に寺子屋に通った房吉《ふさきち》って奴の妹ですけど……」

「じゃあ、幼馴染《おさななじみ》ね」

お糸は微笑んだ。

「ええ。まあ……」

「お前さんに逢いに来たけど、帰りは暮六つ頃だと云うとがっかりして、帰りましたよ」

「何か言付《ことづ》けは……」

「私も訊いたんだけど、良いって云って……」

「そうですか……」

「でも、なんか淋しげでね。堀江町の桜長屋に行ってみたらどう……」

お糸は勧めた。

「は、はい。親分……」

勇次は、幸吉を窺った。

「こっちはもう上がりだ。行って来るが良い」

幸吉も勧めた。

「はい。じゃあ……」

勇次は、再び草履を履《は》いた。

「おう。勇次、此奴を持って行きな……」

幸吉は、勇次に一分銀を二枚、懐紙に包んで渡した。

因《ちな》みに二分は一両の半分の金額だ。

「親分……」

「何があるか分からない。取り敢えずだ」

下っ引や手先が金に困らないようにするのは、先代の親分弥平次《やへいじ》の時からの習い事だ。

「ありがとうございます。じゃあ……」

勇次は、一分銀二枚の包みを懐に入れ、船宿『笹舟』を足早に出た。

勇次は急いだ。

通りには、仕事帰りの人が行き交っていた。

神田川に架かっている柳橋を渡り、両国広小路を横切り、米沢町《よねざわちょう》の横手の通りを浜町堀に急いだ。そして、浜町堀から日本橋の通りに行く間に東西の堀留川《ほりどめがわ》があり、その間に堀江町はあった。

勇次は、堀江町に入り、東堀留川沿いの道を四丁目に進んだ。そして、照降町《てりふりちょう》を横切って思案橋《しあんばし》の袂に出た。

木戸に桜の古木のある古長屋があった。

桜長屋だ。

勇次は、木戸を潜って桜長屋に入った。

桜長屋の家々は明かりを灯し、子供の笑い声が洩れていた。

勇次は、奥の家に進み、腰高障子を静かに叩いた。

「おくみちゃん、勇次だ。おくみちゃん……」

勇次は、静かに告げた。

「あっ。只今……」

おくみが腰高障子を開け、顔を見せた。

「やあ、おくみちゃん……」

勇次は笑い掛けた。

「勇次さん……」

おくみは、微かな安堵を過らせた。

「昼間、笹舟に来たんだって……」

「ええ。ちょっと待って。おっ母さん……」

おくみは、家の奥に戻り、心の臓の長患《ながわずら》いで寝込んでいる母親のおまさに何事かを告げて出て来た。

思案橋は日本橋川に繋がる東堀留川に架かっており、小網町《こあみちよう》二丁目と結んでいる。

勇次とおくみは、思案橋の袂に佇んだ。

「おくみちゃん、房吉、帰っていないのか……」

勇次は、おくみの兄で子供の時から付き合いのある大工の房吉が家にいなかったのに気が付いていた。

「ええ。勇次さん、近頃、兄ちゃんの様子がおかしいんです」

「様子がおかしい……」

勇次は眉をひそめた。

「はい。仕事が終わっても帰って来なかったり、妙に金廻りが良かったり……」

おくみは、兄の房吉が悪い道に踏み込んだと思い、涙ぐんだ。

「おくみちゃん。房吉にもいろいろあるんだ。未だ悪い事に手を染めていると決まっちゃあいない……」

「でも……」

おくみは、零れる涙を前掛けで拭った。

「おくみちゃん、房吉は今も三河町《みかわちよう》の大工大萬《だいまん》の棟梁《とうりよう》の処にいるんだな」

「ええ。大工大萬の棟梁は、兄ちゃんの給金の他におっ母さんの薬代も呉れて、とっても良くしてくれているのに……」

おくみは、涙声で告げた。

「で、今夜も未だ帰って来ないか……」

勇次は、暗い町を眺めた。

「ええ。それで私、兄ちゃんに何をしているのか聞いたんです。でも、兄ちゃん、お前には拘わりない。黙っていろって……」

おくみは、哀し気に告げた。

「そうか……」

「それで、どうして良いか分からなくなって、勇次さんの処に……」

おくみは、勇次に縋《すが》る眼を向けた。

「良く分かった。おくみちゃん、俺もちょいと調べてみるよ」

「良かった……」

おくみは、安堵を滲ませた。

「よし。じゃあ、おっ母さんが心配している。早く家に戻りな」

「はい。じゃあ、勇次さん、宜しくお願いします」

「うん。出来る限りの事はするよ」

「お願いします。じゃあ……」

おくみは、勇次に深々と頭を下げ、桜長屋の家に小走りに戻って行った。

勇次は見送り、吐息を洩らした。

「房吉の野郎……」

勇次は呟《つぶや》き、月影が不安気に揺れている日本橋川の流れを眺めた。

船宿『笹舟』の屋根船や猪牙舟は、夜の船遊びに出払っていた。

行燈の火は瞬《またた》いた。

「房吉か……」

幸吉は、手酌で酒を飲んだ。

「はい。房吉は三河町の大工大萬の大工として働いているんですが……」

「夜も帰らず、妙に金廻りが良くなったか……」

「はい。それでおくみは房吉が悪い道に足を踏み込んだんじゃあないかと心配して……」

「うむ……」

「それで、親分……」

「うむ。房吉をちょいと調べてみるか……」

「良いですか……」

「ああ。房吉が危ない真似をしているならさっさと止めさせるのが一番だ」

「ありがとうございます。明日から早速調べてみます」

「うむ。で、一人で大丈夫か……」

「はい。先ずは一人で……」

「うむ……」

幸吉は頷いた。

船遊びから戻った客の笑い声が、店から賑やかに聞こえた。

神田三河町に大工『大萬』の家と作業場はあった。

勇次は、大工『大萬』の作業場を窺った。

作業場では、数人の若い見習い大工が白髪髷《しらがまげ》の大棟梁の萬造《まんぞう》の指図で材木を切り、鉋《かんな》を掛け、鑿《のみ》を入れていた。

大工の中に房吉はいなかった。

大工『大萬』には、萬造直弟子の棟梁が二人おり、それぞれの組を持って普請場を預かっていた。おそらく、房吉はそのどちらかの組に中堅大工として参加しているのだ。

勇次は読んだ。

よし……。

勇次は、白髪髷の大棟梁の萬造に面会を求めた。

大棟梁の萬造は、作業場の入口に置かれた休息用の縁台に勇次を招いた。

萬造は、自ら茶を淹《い》れて勇次に差し出した。

「出涸《でが》らしだが、良かったらどうぞ……」

「ありがとうございます」

「柳橋の弥平次親分はお達者ですか……」

萬造は、勇次に笑い掛けた。

「ああ、弥平次の親分は随分前に隠居されまして、今は幸吉の親分が……」

勇次は告げた。

「ああ。下っ引を勤めていた幸吉さんが……」

「はい。で、御隠居は向島《むこうじま》で達者にしております」

「それは良かった。で、お前さんは……」

「幸吉親分の下っ引の勇次と申しまして、此方の大工房吉の幼馴染です」

勇次は告げた。

「房吉の幼馴染……」

「はい。妹のおくみちゃんが房吉の様子がおかしいと心配していましてね」

「そうか、おくみちゃんか……」

「はい。で、棟梁から見て如何ですか……」

「うむ。私も気にはなっていたんだ。近頃、どうにも落ち着かねえ。仕事にも身が入らない様子でね。此のままじゃあ、いつかは大怪我をする……」

萬造は、白髪眉をひそめた。

「そいつがどうしてか、分かりますか……」

「どうやら、丈八《じょうはち》とか云う野郎と連むようになってからだ……」

「丈八……」

「ああ。房吉は今、湯島の普請場だが、丈八の野郎、いつもうろついているらしい」

萬造は告げた。

「分かりました。丈八ですね……」

勇次は念を押した。

「ああ。勇次さん、宜しくお願いしますよ」

萬造は、白髪頭を深々と下げた。

「棟梁、云われる迄もなく……」

勇次は頷いた。

両国広小路は露店や見世物小屋が並び、大勢の人たちで賑わっていた。

雲海坊は、大川に架かっている両国橋の袂で経を読み、托鉢をしていた。

両国橋は本所《ほんじょ》と結んでおり、多くの人が行き交っていた。

雲海坊は、本所から両国橋を渡って来た肥った初老の男を見て、思わず経を飲み込んだ。

盗賊の天神《てんじん》の松五郎《まつごろう》……。

雲海坊は、浪人を従えて雑踏を行く天神の松五郎を追った。

だが、雑踏は松五郎と浪人を包み込み、雲海坊の尾行を許さなかった。

「くそ。済まぬ、退いてくれ……」

雲海坊は焦り、必死に人混みを掻き分けた。

「天神の松五郎だと……」

幸吉は眉をひそめた。

「ああ。本所から浪人を従えて両国橋を渡って来たんだが、広小路の雑踏で見失っちまった……」

雲海坊は、悔し気に告げた。

「天神の松五郎の野郎に間違いないんだな」

幸吉は念を押した。

「そりゃあもう。三年前、火盗改《かとうあらため》の早とちりで江戸から逃げられた天神の松五郎の面、忘れるもんじゃあねえ」

雲海坊は笑った。

「よし。雲海坊、松五郎の野郎、両国橋を本所から渡って来たんだな」

「ああ。本所から来たのか、本所に行っての帰りなのか……」

雲海坊は読んだ。

「まあ、良い。雲海坊は清吉と本所の裏渡世の連中に聞き込んでくれ。こっちの裏渡世は由松と新八に探らせる……」

幸吉は命じた。

「心得た……」

雲海坊は頷いた。

「俺は和馬の旦那と秋山さまにお報せするぜ」

幸吉は告げた。

湯島天神同朋町《どうぼうちょう》の普請場は、棟梁の久六《ひさろく》以下四人の大工が働いていた。

勇次は、物陰から働く大工たちを窺った。

房吉……。

四人の大工の中に房吉はいた。
房吉は、固い面持ちで仕事をしていた。
勇次は見守った。
房吉は、仕事をしながら時々、不安気に辺りを見廻していた。
勇次は、房吉の視線を追った。
半纏を着た若い男が、路地の入口で賽子を弄《もてあそ》んでいた。
丈八の野郎、いつもうろついているらしい……。
勇次は、大棟梁の萬造の言葉を思い出した。
丈八……。
半纏を着た若い男は、丈八なのだ。
勇次は見定めた。
丈八は、働く房吉を見ては嘲りを浮かべて賽子を弄んでいた。
野郎……。
勇次は、路地にいる丈八に向かった。
丈八は、やって来る勇次に気が付き、賽子を握り締めて背を向けた。

「何をしている……」

勇次は、丈八に声を掛けた。

丈八は、聞こえない振りをして勇次を無視した。

「手前……」

勇次は、丈八の襟首を摑まえて路地に一気に押込んだ。

「何しやがる……」

丈八は驚き、慌てた。

「煩せえ……」

勇次は、構わず丈八を路地の奥に押込んだ。

丈八は、躓《つまず》き、よろめきながら路地奥に押込まれた。

路地の奥には、廃材や空き俵《だわら》の残骸などを入れた納屋があった。

勇次は、丈八を納屋の中に突き飛ばした。

丈八は、納屋の中に倒れ込んだ。

勇次は、倒れ込んだ丈八を蹴り飛ばした。

丈八は、鼻血を飛ばして蹲った。

「手前、嘗めた真似をするじゃあねえか……」

勇次は、蹲った丈八を嘲笑した。

「な、何だ、お前さん……」

丈八は、勇次に暗い眼を向け、立ち上がろうとした。

勇次は、丈八を再び蹴飛ばした。

丈八は、再び倒れた。

勇次は、丈八に馬乗りになって腕を捩じ上げ、懐から匕首を奪った。

丈八は狼狽えた。

「何をしていたんだ……」

「な、何もしちゃあいねえ……」

「惚《とぼ》けるんじゃあねえ」

勇次は、丈八の頰を張り飛ばした。

「止めてくれ」

「止めて欲しきゃあ、訊かれた事に素直に答えな……」

勇次は、構わず丈八の腕を捩じ上げた。

「分かった。分かった……」

丈八は、悲鳴を上げた。

「じゃあ、何をしているんだ……」

「見張っているんだ。博奕で借金を作った大工が逃げねえように見張っているんだ」

丈八は、息を鳴らしながら告げた。

「博奕の借金だと……」

「ああ……」

「手前らが如何様《いかさま》博奕で作らせた借金か……」

「し、知らねえ……」

「惚けるんじゃあねえ……」

勇次は、丈八を殴り飛ばした。

「良いか、此れ以上、大工に付き纏えば、命はねえと覚悟しな……」

勇次は、いつもとは別人のような手荒さを滲ませて丈八を脅した。

二

南町奉行所の中庭には、木洩れ日が揺れていた。

「盗賊天神の松五郎がいた……」

吟味方与力の秋山久蔵は、報せに来た幸吉に厳しい面持ちで訊き返した。

「はい。雲海坊が両国広小路で見掛けました」

幸吉は告げた。

「松五郎の奴、江戸に舞い戻ったか……」

久蔵は、薄く笑った。

「三年で舞い戻るとは、嘗めやがって……」

和馬は吐き棄てた。

「ええ。で、雲海坊と由松たちが裏渡世の連中に聞き込みを掛け始めました」

「よし。探索は秘かに進める。和馬、北町や火盗改にそれとなく探りを入れ、気が付いているかどうか見極めろ」

久蔵は命じた。

「心得ました……」

和馬は頷いた。

「天神の松五郎、江戸の町奉行所の恐ろしさを思い知らせてくれる……」

久蔵は、不敵に云い放った。


丈八は、近くの井戸で血と涙と泥に汚れた顔を洗い、着物の泥を払い落とし、痛めつけられた腕を庇って不忍池に向かった。

勇次は尾行た。

丈八は、何者かの指図で房吉を見張り、付き纏っていた。

何者かとは誰なのか……。

房吉に付き纏う理由は何なのか……。

勇次は、それを突き止めようと丈八を痛め付けて動かした。

不忍池は煌めいていた。

丈八は、不忍池の畔を進み、池之端《いけのはた》にある板塀を廻した家の木戸門を潜って行った。

勇次は見届けた。

誰の家か……。

丈八は、此の家の主に命じられて房吉に付き纏ったのか……。

勇次は、辺りを見廻した。

米屋の手代が、馴染客に注文された米を届けに来ていた。

よし……。

勇次は、米屋の手代に駆け寄った。


「ああ、あの家ですか……」

米屋の手代は、板塀に囲まれた家を眺めた。

「ええ。誰の家か、分かりますか……」

「あの家は川越の織物問屋の旦那の妾《めかけ》の家ですよ」

勇次は尋ねた。

「川越の織物問屋の旦那の妾……」

「ええ。おしまさんと云いましてね。元は深川《ふかがわ》の芸者だったと聞いていますよ」

「おしまさんか。で、川越の織物問屋の旦那ってのは……」

「さあ、そこ迄は良く知りません……」
手代は首を捻った。
「そうですか……」
勇次は、手代に礼を云って別れ、板塀に囲まれた家を窺った。
川越の織物問屋の旦那と妾のおしま……。
丈八は、織物問屋の旦那の指図で房吉に付き纏っていたのか……。
家を囲む板塀の木戸門が開いた。
勇次は、素早く物陰に隠れた。
浪人と半纏を着た男が木戸門から現れ、不忍池の畔を進んだ。
何処に行く……。
勇次は尾行た。
浪人と半纏を着た男は、不忍池の畔から湯島天神に向かった。
まさか……。
勇次は、浪人と半纏を着た男が丈八の替わりだと気が付いた。
どうする……。
勇次は、想いを巡らせた。

浪人と半纏を着た男は、房吉に丈八を痛め付けた奴が誰か問い詰める筈だ。

だが、房吉は俺が動いている事を知らない。

そして、浪人と半纏を着た男は、丈八を痛め付けたのが誰か分からないまま、房吉に付き纏い続けるのかもしれない。

勇次は、焦りを覚えながら浪人と半纏を着た男を追った。


湯島天神同朋町の普請場には、木組みを嵌める木槌《きづち》の音が響いていた。

棟梁の久六と房吉たち大工は、忙しく仕事をしていた。

浪人と半纏を着た男は、物陰から働いている房吉を窺った。

「喜助《きすけ》、どいつが房吉だ……」

浪人は、半纏を着た男に尋ねた。

「高田《たかだ》の旦那。あの、背の高い若い大工ですぜ……」

喜助は、浪人を高田と呼び、働いている房吉を示した。

「よし。ならば、見張るか……」

「じゃあ。あっしは丈八を痛め付けた野郎を捜してみますぜ」

「ああ……」

高田は頷いた。
喜助は、高田を残して普請場の前の路地に入って行った。
よし……。
勇次は、喜助を追った。
喜助は、普請場の周囲の家並の陰に丈八を痛め付けた男を捜した。
喜助の野郎、俺を捜していやがる……。
勇次は、気が付いて苦笑した。
どうする……。
高田と喜助が房吉に付き纏うのなら、丈八を激しく痛め付けた甲斐《かい》がない。
勇次は読んだ。
よし……。
勇次は、喜助を追った。
喜助は、丈八を痛め付けた男を捜し、路地から路地に進んだ。
「誰を捜しているんだい……」

勇次は、狭い路地を行く喜助の背に声を掛けた。

「えっ……」

喜助は振り返ろうとした。

次の瞬間、勇次は喜助の頭に麻袋を被せた。喜助は驚き、悲鳴をあげようとした。勇次は、喜助を蹴り飛ばした。喜助は、地面に叩き付けられた。勇次は、喜助の襟首を鷲摑みして路地奥に引き摺り、走った。喜助は、路地奥に引き摺られて踠いた。勇次は、喜助を路地奥の納屋に引き摺り込んで突き飛ばした。

喜助は、廃材の中に倒れ込んだ。

勇次は、喜助を蹴り飛ばして捕り縄を打ち、懐から匕首を奪った。

「喜助、お前たち、大工に付き纏って何をするつもりだ」

勇次は尋ねた。

「し、知らねえ……」

喜助は、声を震わせた。

「惚けるんじゃあねえ……」

勇次は、喜助の頭に被せた麻袋の口紐を絞めた。

喜助は、首を絞められて苦しく踠いた。

「惚ければ、此のまま殺して納屋の塵《ごみ》の下にでも埋めてやる……」

勇次は笑った。

「知らねえ。俺は本当に何も知らねえ……」

喜助は、必死に踠いた。

「喜助、じゃあ、誰の指図で動いているんだ」

「えっ……」

「誰の指図で動いているのか、訊いているんだよ」

勇次は、被せた麻袋越しに喜助の頰を殴り、蹴り飛ばした。

「止めてくれ……」

喜助は哀願した。

「誰の指図で動いている……」

「姐《あね》さんだ。姐さんの指図だ……」

喜助は、嗄れ声を引き攣らせた。

「姐さん……」

「ああ……」

「池之端のおしまか……」

勇次は読んだ。

「えっ……」

喜助は、得体の知れぬ男がおしまを知っているのに驚き、言葉を飲んだ。

「じゃあ、おしまは何の為に大工に付き纏うんだ」

「そ、それは……」

「博奕で作った借金の取り立ての為じゃあないな……」

「ああ……」

喜助は頷いた。

「じゃあ、何の為だ……」

勇次は、頭に被せた麻袋の口紐を絞めた。

喜助は、苦しく呻いた。

「此れ迄かな……」

勇次は、嘲りを滲ませて麻袋の口紐を絞め続けた。

「お、おし……」

喜助は、激しく咳き込み、嗄れ声を途切らせた。

勇次は、麻袋の絞めた口紐を緩めた。

「お、押込みだ……」

喜助は、溜息を吐きながら嗄れ声で告げた。

「押込み……」

勇次は眉をひそめた。

「ああ……」

喜助は頷いた。

「じゃあ、おしまは盗賊で、大工を押込みに使おうとしているのか……」

勇次は読んだ。

「ああ……」

「おしま、何て盗人だ……」

「弁天《べんてん》のおしま……」

喜助は、覚悟を決めて告げた。

「弁天のおしまか……」

勇次は知った。

盗賊弁天のおしまは、大工房吉を押込みに使う為、丈八たちに監視をさせていた。

「で、弁天のおしま、何処に押込もうって魂胆《こんたん》なんだ」

「そいつは、未だ知らねえ……」

「喜助……」

勇次は笑い掛けた。

「本当だ。本当に俺は知らねえ……」

喜助は、再び首を絞められるのを恐れ、必死に訴えた。

「そうか……」

勇次は、喜助の必死さに嘘偽りはないと見定めた。

それにしても、盗賊が拘っているとなると、勇次一人の手におえる一件ではない。

親分の幸吉や和馬の旦那、秋山さまに報せなければならない。だが、房吉の拘りがどの程度なのか見定めない内に報せる訳にはいかないのだ。

報せるのは、幼馴染の房吉の拘りを見定めてからだ。

見定めるには、房吉と直に話し合うしかないのだ。

よし……。

勇次は、房吉と逢う事に決めた。

それには、房吉を見張っている浪人の高田を追い払わなければならない。
勇次は、手立てを思案した。
普請場から木槌の打つ音が響いていた。
浪人の高田は物陰に潜み、普請場で働く房吉を見張り続けていた。
「喜助の奴……」
高田は、戻って来ない喜助に苛立ちを見せていた。
不意に呼子笛が鳴り響いた。
高田は、思わず物陰を出て辺りを見廻した。
呼子笛の甲高い音は響き続けた。
棟梁の久六や房吉たち大工は、仕事の手を止めた。
近所の者たちも、鳴り続ける呼子笛の音に怪訝な面持ちで外に出て来た。
呼子笛の音は響き続けた。
久六と房吉たち大工は、路地の前に佇んでいる高田に気が付いた。
近所の者たちも、高田に怪訝な眼を向けた。
高田は、思わずたじろいだ。

房吉は、丈八が姿を見せず、浪人の高田がいる意味に気が付いた。

呼子笛は鳴り続けた。

高田は、そそくさとその場を離れた。

勇次は物陰に潜み、立ち去って行く浪人の高田を見ながら呼子笛を吹き鳴らした。

陽は大きく西に沈み始めた。


普請場は仕事仕舞いの時になった。

棟梁の久六は、房吉たち大工に後片付けを命じて帰った。

房吉たち大工は、火を消して後片付けを終えた。

房吉は、三河町の大工『大萬』に住み込んでいる若い三人の大工と道具箱を担いで家路に就いた。

勇次は、物陰を出て房吉たちを追った。


神田川に架かる昌平橋を渡り、房吉は三河町の大工『大萬』に帰る三人の若い大工と別れ、日本橋の通りを堀江町四丁目の家に向かった。
勇次は、日本橋の通りを行く房吉を追った。
房吉は、道具箱を担いで日本橋の通りを日本橋に向かった。
勇次は、房吉を尾行たり見張る者がいないか見定めながら追った。
房吉は、日本橋の通りを進み、室町《むろまち》三丁目で浮世《うきよ》小路に曲がった。
浮世小路の先には、西堀留川の堀留がある。
房吉に続いて浮世小路に曲がる者はいない……。
勇次は、房吉を見張り、尾行る者はいないと見定め、足取りを速めた。
西堀留川沿いを日本橋川に進み、荒布橋《あらめばし》を渡って小網町一丁目を進むと思案橋に出る。
そして、思案橋の袂に広がる堀江町四丁目に桜長屋はある。
房吉は、浮世小路を抜けて西堀留川の堀留を過ぎ、雲母橋《きらずばし》の南詰に差し掛かった。
「房吉……」
勇次は、背後から呼び止めた。

房吉は、立ち止まり、厳しい面持ちで振り返った。

「おう。房吉……」

勇次は、笑顔で房吉に駆け寄った。

「勇次……」

房吉は、戸惑いを浮かべた。

「久し振りだな……」

「あ、ああ……」

「ちょいと顔を貸せ……」

勇次は、房吉を雲母橋の北詰に誘った。

もし、房吉を追って来る者がいれば、雲母橋の南詰から堀江町に行く筈だ。

勇次は、その時の為に房吉を反対側の北詰に誘った。

西堀留川の堀留は、夕陽を受けて鈍色《にびいろ》に輝いていた。

勇次と房吉は、雲母橋の袂の柳の木の傍に佇んだ。

「勇次……」

房吉は、道具箱を下ろし、勇次に緊張に満ちた眼を向けた。

「房吉、お前、何をしているんだ」

勇次は、房吉を見据えた。

房吉は、勇次の視線から逃れ、夕陽に煌めく堀留を眩し気に見詰めた。

「付き纏っている丈八って野郎、盗賊の一味だってのは、知っているのか……」

勇次は尋ねた。

「ああ……」

房吉は、堀留の輝きを見詰めたまま頷いた。

「知っていて、どうして……」

勇次は、怒りを滲ませた。

「勇次……」

房吉は遮《さえぎ》った。

「何だ……」

「知っていても、どうにもならない事もある」

房吉は、辛《つら》そうに告げた。

「そんな事は分かっている。だけど、相手は盗賊だぞ。さっさとお上に訴え出て……」

「勇次、そんな真似をしたら、おっ母あやおくみがどんな目に遭うと思う……」

房吉は、声を震わせた。

「おっ母さんとおくみちゃん……」

勇次は、房吉が一番の弱味を衝かれている事を知った。

「ああ。俺が奴らの手伝いを断ったり、お上に訴え出たらどうなると思う……」

房吉は、怒りと哀しさを交錯させた。

「房吉……」

勇次は、房吉を哀れんだ。

「勇次、俺が馬鹿だったんだ」

房吉は項垂れた。

「お前、何をしたんだ」

「俺、丈八に誘われて賭場に行き……」

「最初の内は勝ち続けたが、その内に負け始めて借金を作っちまったか……」

勇次は、博奕打ちの常套手段に絡み取られてしまった房吉に苛立ち、腹を立てた。

「ああ。そして、云う事を聞かなければ、借金を返せ、返せなければ、おくみを身売りさせろと……」

　房吉は、鼻水を啜った。

「馬鹿野郎……」

　勇次は、思わず房吉を罵《ののし》った。

「勇次、助けてくれ」

　房吉は、その場に崩れるように座り込んだ。

「房吉……」

「此の通りだ。助けてくれ。頼む……」

　房吉は、勇次に土下座して助けを求めた。

「止めろ、房吉……」

　勇次は、房吉を立たせた。

「勇次……」

「云われる迄もねえ。餓鬼の頃から連んで来たお前を助けるのに決まっているぜ」

　勇次は告げた。

「済まねえ。勇次……」

「で、房吉、丈八たち盗賊は、何処の押込みにお前を使おうとしているんだ」

勇次は訊いた。

「勇次、五年前、萬造の棟梁が質屋武蔵屋《むさしや》の金蔵普請を請負い、俺はその手伝いをしたんだ」

「質屋武蔵屋の金蔵普請……」

「ああ。武蔵屋の金蔵は店と母屋の間にあって、板戸と南蛮渡りの錠前の掛かった分厚い戸があり、その奥にもう一枚の板戸がある……」

房吉は告げた。

「出入口の戸は三重か……」

勇次は知った。

「ああ。建物の外は土蔵造りで内壁は厚い板張り……」

「忍び込む隙間もないようだな」

勇次は読んだ。

「いや。そいつが一つあるんだ……」

房吉は、声を震わせた。

「何……」

勇次は眉をひそめた。

三

柳橋の船宿『笹舟』は、吹き抜ける夜風に暖簾を揺らしていた。

女将のお糸と仲居たちは、夜の船遊びの客の相手に忙しかった。

奥の座敷では、幸吉が倅の平次《へいじ》を寝かしつけて隣の居間に戻った。

居間には、雲海坊と由松が幸吉の来るのを待っていた。

「待たせたな……」

幸吉は詫びた。

「いや。平次は寝たかい……」

雲海坊は訊いた。

「ああ。やっとな……」

幸吉は、長火鉢《ながひばち》の銅壺《どうこ》から徳利を抜き出し、布巾《ふきん》で尻を拭って雲海坊と由松に酌をした。

「こいつは忝ねえ」

「畏れ入ります」

雲海坊と由松は礼を述べた。

「で、どうだった」

幸吉は、手酌で己の猪口《ちょこ》を満たした。

「今の処、本所の裏渡世に盗賊天神の松五郎の噂は流れちゃあいない……」

雲海坊は告げた。

「そうか。由松の方はどうだ」

「天神の松五郎の噂かどうかは、未だ分かりませんが、何処かの盗賊が押込みの仕度をしているって噂がありましたよ」

由松は報せた。

「盗賊の押込みか……」

「ええ。新八が引き続き、噂の出処を探っています」

「そうか……」

幸吉は頷いた。

「それから親分、天神の松五郎、池之端に妾を囲っているって噂ですぜ」

雲海坊は苦笑した。

「妾か。名前は……」

「さあて、そこ迄は未だ」

「そうか……」

「親分……」

勇次が戸口に現れた。

「おう。どうした勇次……」

幸吉は、勇次を迎えた。

「は、はい……」

勇次は、雲海坊と由松の話が終わるのを待とうとした。

「構わないぜ……」

雲海坊は、勇次を促した。

「ああ……」

由松は頷いた。

「そうですか。親分、幼馴染の一件、盗賊の押込みが絡んでいました」

勇次は、緊張した面持ちで告げた。

「何、盗賊だと……」

幸吉は眉をひそめた。

「はい……」

「勇次、詳しく話してみろ……」

幸吉は促した。

「はい……」

勇次は、大工の房吉と丈八や喜助たち盗賊の拘りと押込みの企てを話した。

「で、勇次、その盗賊共、弁天のおしまって女盗賊の配下なんだな」

幸吉は、厳しい面持ちで勇次に念を押した。

「はい……」

「勇次、その弁天のおしま、何処に住んでいるんだ」

「池之端です……」

「池之端……」

雲海坊は眉をひそめた。

「雲海坊……」

「ええ。天神の松五郎の妾も池之端にいるって噂ですぜ」

「ひょっとしたらひょっとするか……」

「ああ……」

「親分……」

勇次は、幸吉に怪訝な眼を向けた。

「勇次、盗賊の天神の松五郎が江戸に舞い戻っていてな……」

「天神の松五郎が……」

「ああ。勇次、弁天のおしまたち盗人、大工の房吉に武蔵屋って質屋に押込む手引きをさせようとしているんだな」

「はい。質屋の武蔵屋の金蔵は、外側は土蔵造りで内壁は厚い板張り、出入口は店と母屋の間に一個所で三重の戸に南蛮渡りの錠前です。ですが、万一、鍵を無くした時の為、縁の下から床下に抜け、金蔵に入れる隠し戸を作ったそうでしてね。盗賊共は房吉に手引きをさせ、そこから押込むつもりなんです」

勇次は告げた。

「成る程。それで房吉に付き纏っていたか……」

「ええ。下手な真似をすれば、おっ母さんと妹のおくみちゃんがどうなるか分からねえと脅して……」

勇次は、悔し気に告げた。

「よし。雲海坊、堀江町四丁目は桜長屋のおまさとおくみ母娘を護ってくれ」

「合点だ……」

「由松、池之端の弁天のおしまを見張れ……」

「承知……」

由松は頷いた。

「勇次、お前、痛め付けた丈八や喜助に素性が割れているのか……」

「いえ。おそらく未だ房吉の……」

「じゃあ、今のまま房吉のだちとして張り付き、盗賊共の動きを見張るんだ……」

「は、はい。親分、張り付いて見張るのは良いんですが……」

勇次は眉をひそめた。

「勇次、房吉とおっ母さんやおくみを助けるのに遠慮は無用だ。自分の思い通りにやってみろ。何かの時は俺が責を取る」

幸吉は、厳しい面持ちで告げた。

「親分……」

「よし。雲海坊、由松、勇次、抜かるんじゃねえぞ……」

幸吉は笑った。

「狙う獲物は質屋の武蔵屋か……」

久蔵は眉をひそめた。

「はい。女盗賊の弁天のおしまと天神の松五郎がどのような拘わりかは、未だはっきりしませんが……」

幸吉は告げた。

「うむ。それにしても、堅気《かたぎ》の大工の母親や妹の命を脅しの材料に使うとは、手立てを選ばぬ汚い外道の所業。柳橋の、容赦は無用だ」

久蔵は云い放った。

「はい。そいつはもう……」

幸吉は頷いた。

「して、その勇次の幼馴染の大工の母親と妹には雲海坊が張り付いたのだな」

「はい。弁天のおしまは由松が見張り、勇次が大工の房吉に張り付いて盗賊一味に近付き、素性と押込む日を突き止めようとしています」

「うむ。極悪非道な盗賊相手の探索だ。先ずは己と房吉の身が危なくなった時は、何としても護れと、勇次に伝えてくれ」

久蔵は、厳しい面持ちで告げた。

「心得ました……」

幸吉は頷いた。

雲海坊は、堀江町四丁目の桜長屋の空き家に潜り込み、房吉の母親のおまさと妹おくみを見守り始めた。

おくみは、房吉が仕事に出掛けた後、掃除洗濯などの家の仕事をし、病の床に就いている母親おまさの面倒をみていた。

働き者だ……。

雲海坊は、秘かに感心し、おまさとおくみ母娘に近付く者を警戒した。

由松は、池之端にある板塀を廻した家を見張った。

板塀に囲まれた家には、浪人や遊び人などが出入りするだけで、弁天のおしまや天神の松五郎と思われる者の姿は見えなかった。

由松は、出入りする浪人や遊び人などの中に天神の松五郎配下の盗賊がいるのに気が付いた。

やはり、弁天のおしまと天神の松五郎は拘りがある……。

由松は見定めた。

湯島天神同朋町の普請場には、棟梁の久六と房吉たち大工の遣う金槌や鋸《のこぎり》の音がしていた。

勇次は、仕事をする房吉を見守り、盗賊一味の者が現れるのを警戒した。

丈八が物陰に現れた。

「野郎……」

勇次は、丈八が辺りを窺って房吉を見張り始めたのを見定め、吐き棄てた。

「手前か……」

勇次は、背後からの声に振り返った。

浪人の高田がいた。

「やあ……」

勇次は苦笑した。

「何者だ」

「房吉の餓鬼の頃からの遊び仲間だ」

「遊び仲間……」

「ああ。お前たちが房吉に押込みの手引きをさせようとしている盗賊だってのは、分かっているぜ」

勇次は云い放った。

「喜助から聞いたか……」

「さあてな……」

勇次は惚けた。

「喜助は姿を消した。奴が吐いたのに間違いあるまい」

高田は読んだ。

勇次は、殺され掛けて弁天のおしまたち盗賊の事を吐いた喜助が姿を消したのを知った。

「で、いつ押込むんだ」

勇次は笑い掛けた。

「手前に拘りねえ」

「そうはいかねえ。房吉に手引きをさせたいなら、俺も仲間に入れて貰うぜ」

勇次は告げた。

「何……」

高田は、戸惑いを浮かべた。

「弁天のおしまさんに伝えてくれ。房吉に押込みの手引きをさせたきゃあ、俺も仲間に入れろとな」

「手前、名前は……」

「房吉の幼馴染みの勇次だ」

勇次は名乗った。

「勇次か……」

「ああ……」

「お前を仲間に加えぬ限り、房吉に手引きはさせねえか……」

高田は、勇次を睨んだ。

「ああ。そいつが嫌なら、房吉と俺がお先に失礼して、押込むぜ」

勇次は、嘲りを浮かべた。

「分かった。ならば、一緒に来て貰おうか……」

高田は苦笑した。

「そいつは良いが、丈八の野郎も一緒だぜ」

勇次は、弁天のおしまの許に行っている間に丈八が房吉を拉致《らち》し、何処かに閉じ込めるのを警戒した。

「ああ。丈八も一緒だ」

高田は頷いた。

「よし。良いだろう」

勇次は笑った。


不忍池の畔に木洩れ日が揺れていた。

勇次は、浪人の高田と丈八に誘われて板塀の廻された弁天のおしまの家に向かった。

弁天のおしまの家は、既に由松の監視下に置かれている。

由松さんが何処かから見ている筈だ……。

勇次は、何気なく辺りを窺いながらおしまの家の板塀の木戸門に進んだ。

高田は、板塀の木戸門を叩いた。

「誰だい……」

木戸門の向こうから男の声がした。

「俺だ、高田又四郎《またしろう》だ」

高田は告げた。

木戸門が開き、下男の老爺《ろうや》が顔を出した。

「入れ……」

高田が勇次を促し、木戸門を潜った。

丈八が続き、辺りを窺って木戸門を閉めた。

由松と新八が木陰に現れ、板塀に囲まれた弁天のおしまの家を眺めた。


粋な形の年増が現れ、勇次の前に座った。

「房吉の幼馴染の勇次ですぜ……」

浪人の高田又四郎は、粋な形の年増に勇次を引き合わせた。

「お前さんかい、丈八を可愛がってくれたのは……」

粋な形の年増は笑い掛けた。

「弁天のおしまさんですかい……」

勇次は笑った。

「ええ。で、勇次さん、喜助の奴はどうしたんだい……」

「さあて、喋り過ぎたのに気が付き、寺にでも籠《こも》ったのかな」

「ふん。かなり痛め付けてくれたようだね」

「それ程でも。で、俺も仲間に入れてくれますかい」

「さあて、どうするか……」

おしまは笑った。

「姐さん一人じゃあ、決められませんか……」

盗賊の頭は、弁天のおしまではなくて他にいる……。

勇次は読んだ。

「まあね……」

「そうですかい。じゃあ、お頭が決めたら報せて下さい。それ迄、房吉の見張りはあっしがしますぜ。御免なすって……」

勇次は、腰を浮かした。

「待ちな……」

おしまは呼び止めた。

「何ですかい……」

勇次は、浮かした腰を下ろした。

「お頭って誰の事だい……」

おしまは、勇次に微笑み掛けた。

「さあて、喜助もそこ迄は教えてくれませんでしたぜ」

勇次は苦笑した。

「そうかい。それなら良いんだ。ま、お頭のお許しが出たら直ぐに報せるよ」

おしまは笑った。

「承知。じゃあ、御免なすって……」

勇次は座を立った。

おしまの家の板塀の木戸門が開いた。

由松と新八は、木陰から見守った。

勇次が、下男の老爺に見送られて出て来た。

由松は、微かな安堵を覚えた。

勇次は、木陰の由松と新八をちらりと窺って不忍池の畔に立ち去った。

由松と新八は、勇次を追う者が出て来るのを待った。だが、追う者は出て来なかった。

僅かな刻が過ぎた。

浪人の高田又四郎がおしまの家から現れ、不忍池の畔から下谷広小路に向かった。

「由松さん……」

新八は、喉を鳴らした。

「よし。尾行てみな……」

由松は命じた。

「合点です」

新八は、嬉し気な笑みを浮かべて浪人の高田又四郎を追って行った。

由松は見送り、弁天のおしまの家を見張り続けた。

勇次は、湯島天神同朋町の普請場に戻った。

普請場では、棟梁の久六と房吉たち大工が変わりなく仕事をしていた。

勇次は、物陰から房吉を見張った。

此れで盗賊の弁天のおしまたちは、房吉とおっ母さんや妹のおくみに妙な真似はしない筈だ。
勇次は読んだ。
浪人の高田又四郎は、下谷広小路の雑踏を抜けて山下から新寺町の通りに進んだ。
行き先は浅草か……。
新八は読み、充分な距離を取って慎重に尾行した。
高田は、新寺町の通りから東本願寺前を抜けて浅草広小路に出た。
新八は、距離を詰めて巧みに尾行した。
高田は、浅草広小路の雑踏を通り過ぎて隅田川に架かっている吾妻橋《あづまばし》に向かった。
行き先は本所だ……。
新八は読んだ。
本所には、盗賊の天神の松五郎がいるかもしれないのだ。
天神の松五郎の許に行くのか……。
新八は、緊張を覚えた。

隅田川には、様々な船が行き交っていた。
浪人の高田又四郎は、吾妻橋を渡って北本所に入った。
新八は追った。
浪人の高田は、大川沿いの道を両国橋に向かい、北本所から石原町《いしわらちょう》に進んだ。
そして、公儀御竹蔵の裏を本所竪川《たてかわ》に出た。
本所竪川には二つ目之橋が架かっている。
浪人の高田は、二つ目之橋の袂、相生町《あいおいちょう》四丁目の角にある船宿に入った。
新八は見届け、吐息を深々と洩らして緊張を解いた。
本所竪川には、荷船の船頭の歌う唄が長閑に響いていた。

四

本所竪川二つ目之橋の袂、相生町四丁目の角にある船宿『川乃家《かわのや》』は川風に暖簾を揺らしていた。

浪人の高田又四郎は、船宿『川乃家』の暖簾を潜った。

新八は見届けた。

船宿『川乃家』は小さな店だが、土間や店先は掃除が行き届いていた。

よし……。

新八は、相生町の自身番に走った。

「ああ。船宿の川乃家は去年、旦那の吉兵衛《きちべえ》さんが居抜きで買い取り、屋根船と猪牙舟を一隻ずつ抱えて細々とやっている店でしてね。旦那の吉兵衛さん、商売っ気がないのか、余り繁盛はしちゃあいないよ」

自身番の店番は、笑みを浮かべて新八に告げた。

「へえ、余り繁盛しちゃあいないんですか……」

「ああ。それで、老番頭と船頭が二人、女中を二人、良く雇っていられるよ……」

店番は苦笑した。

「へえ。で、旦那の吉兵衛さん、どんな人なんですかい……」

「歳の頃は五十歳過ぎで、でっぷりと肥った旦那だよ」

「五十過ぎの肥った旦那……」

新八は、盗賊天神の松五郎が肥った初老の男だと云うのを思い出した。

ひょっとしたら船宿『川乃家』の旦那の吉兵衛は、盗賊の天神の松五郎なのかもしれない。

新八は読んだ。

船宿『川乃家』は、人気《ひとけ》のない店先で暖簾を川風に揺らしていた。

新八は、手紙を書いて親分の柳橋の幸吉に届けるように木戸番に頼んだ。

本所相生町四丁目と柳橋は、大川を間にして遠くはない。

木戸番は、新八に貰った駄賃を握り締めて柳橋に走った。

新八は、船宿『川乃家』に戻り、物陰から旦那の吉兵衛の見張りを始めた。


和馬は、神田花房町《はなぶさちょう》の質屋『武蔵屋』を眺めた。

質屋『武蔵屋』は、二棟の土蔵のある老舗の質屋だった。

「かなり繁盛している質屋だな」

和馬は、質屋『武蔵屋』に誘ってくれた老木戸番に笑い掛けた。

「へい。そいつはもう……」

老木戸番は頷いた。

「金蔵には小判が唸《うな》っているか……」

「きっと。ですが、武蔵屋さんの金蔵の錠前は南蛮渡りで護りは固いそうですよ」

老木戸番は告げた。

「そうか……」

和馬は、質屋『武蔵屋』を厳しい面持ちで眺めた。


船宿『川乃家』に客は来なかった。

新八は、微かな戸惑いを覚えた。

客のいない船宿は、どうやって営まれているのだろうか……。

新八の戸惑いは募った。

浪人の高田又四郎が、船宿『川乃家』から出て来た。

新八は見守った。

浪人の高田は、辺りに不審がないのを見定め、足早に来た道を戻り始めた。

池之端の弁天のおしまの家に帰る……。

新八は読んだ。

弁天のおしまの家は、由松の監視下に置かれている。

由松は、戻って来ない新八に浪人の高田が行った処に何かあると睨む筈だ。

そして、本所相生町の木戸番が幸吉に届けた新八の手紙から船宿『川乃家』を知る筈だ。

新八は読み、高田を追わずに船宿『川乃家』の見張りを続けた。

「新八……」

幸吉が、清吉を従えてやって来た。

「こりゃあ、親分……」

新八は迎えた。

「此処か、船宿川乃家は……」

幸吉は、船宿『川乃家』を眺めた。

「はい……」

「で、主は去年居抜きで買った吉兵衛か……」

幸吉は眉をひそめた。

「はい。吉兵衛、歳は五十過ぎで、でっぷりと肥った男だそうです」

新八は報せた。

「親分、天神の松五郎の人相にそっくりですね……」

清吉は告げた。

「ああ。面を拝みたいもんだぜ……」

幸吉は、船宿『川乃家』を窺った。


不忍池の中之島弁財天は、参拝客で賑わっていた。

由松は、池之端の弁天のおしまの家を見張り続けていた。

浪人の高田又四郎が、足早に帰って来た。

由松は、木陰から見守った。

尾行て行った新八は、高田を追って戻って来なかった。

行った先で何かがあった……。

由松は読んだ。

僅かな刻が過ぎた。

弁天のおしまの家の木戸門が開き、丈八が出て来た。

丈八は、辺りに不審のないのを見定め、足早に不忍池の畔に立ち去った。

由松は見送った。

丈八の動きは、浪人の高田又四郎の動きと拘りがある。

そして、それは質屋『武蔵屋』の押込みを企てている盗賊の頭と絡んでいる筈だ。

由松は読んだ。

湯島天神同朋町の普請場に丈八が現れ、仕事している房吉を一瞥し、辺りに勇次を捜した。

「俺なら此処にいるぜ」

勇次の声がした。

丈八は、慌てて振り返った。

勇次が背後にいた。

「何か用か……」

「ああ。押込みは明日の夜だ」

丈八は報せた。

「お頭が決めたのか……」

「ああ。お前さんは、明日の戌《いぬ》の刻五つ（午後八時）、房吉を姐さんの家に連れて来い」

丈八は告げた。

「分かった。明日の戌の刻五つだな」

「ああ。じゃあな……」

丈八は、路地奥に立ち去った。

勇次は見送り、仕事をする房吉を厳しい面持ちで眺めた。

房吉は、額の汗を拭って働いていた。

南町奉行所の久蔵の用部屋には燭台が灯され、和馬と幸吉が訪れていた。

「そうか。本所の船宿川乃家の主の吉兵衛が盗賊天神の松五郎か……」

久蔵は笑みを浮かべた。

「はい。歳の頃は五十過ぎで肥っている。人相風体は間違いないかと……」

幸吉は告げた。

「そして、盗賊弁天のおしまの処の浪人の高田又四郎が繫ぎを取っているか……」

「はい。で、丈八と云う一味の者が、勇次に押込みは明日の戌の刻五つと、お頭が決めたと……」

「天神の松五郎、質屋武蔵屋の押込みに大工の房吉を利用する為には、勇次を使うしかないと決めたか……」

「はい。どうやら……」

「ま。天神の松五郎にしてみれば、房吉と勇次、押込みが終われば、さっさと始末すれば良いだけだからな」

久蔵は苦笑した。

「秋山さま……」

幸吉は眉をひそめた。

「天神の松五郎、抜け目のない狡猾な野郎だ。嘗めると大怪我をする。油断は禁物だ」

「はい……」

幸吉は頷いた。

「明日の戌の刻五つ、池之端の弁天のおしまの家か……」

「ええ……」

「ならば、弁天のおしまの家に集まった処に踏み込みますか……」

和馬は告げた。

「そいつが常道だが、どうにも天神の松五郎の動きが気になる」

久蔵は眉をひそめた。

「松五郎の動きですか……」

和馬は、微かな戸惑いを過らせた。

「ああ。松五郎は三年前に危険を逸早《いちはや》く察知して逃げた狡猾な野郎だ」

久蔵は、厳しさを滲ませた。

「一筋縄じゃあいきませんか……」

「うむ。明日の戌の刻五つ迄、俺たちを油断させ、その前に尻に帆を掛けるかもな」

「三年前と同じ手口ですか……」

和馬は眉をひそめた。

「ああ。柳橋の、本所の船宿には……」

「新八と清吉が張り付いています」

「池之端の弁天のおしまの処には、由松だったな」

「はい。で、堀江町の房吉の母親と妹には雲海坊。房吉には勇次がそれぞれ張り付いています」

「うむ。して、本所の船宿には、天神の松五郎の他に何人いるのだ」

「今の処、老番頭に船頭が二人、女中が二人。客はいません」

「池之端の弁天のおしまの家には……」

「おしまと浪人の高田又四郎、手下の丈八と門番の下男の四人です」

幸吉は数えた。

「よし。和馬、柳橋の。明日の夜明けに船宿川乃家とおしまの家に同時に踏み込み、盗賊天神の松五郎一味をお縄にする……」

久蔵は、不敵に笑った。


夜明けが近付き、不忍池には鳥の鳴き声が響き始めた。

由松は、池之端の弁天のおしまの家を見張り続けていた。

弁天のおしまの家には、明かりが灯された。

妙だ……。

朝陽が昇ってから起きるのに……。

由松は、夜明け前におしまの家に明かりが灯されたのに戸惑い、緊張した。

「由松さん……」

勇次と和馬がやって来た。

「勇次、和馬の旦那……」

由松は、微かな安堵を覚えた。

「変わった事はないか……」

和馬は尋ねた。

「そいつが、和馬の旦那、夜明け前なのに家に明かりが……」

由松は、おしまの家を示した。

「何だと……」

和馬と勇次は、おしまの家を見た。

おしまの家には明かりが灯され、人が動いている気配がした。

「和馬の旦那……」

勇次は緊張した。

「秋山さまの睨み通りだ……」

和馬は苦笑した。

「秋山さまの睨み……」

由松は、和馬に怪訝な眼を向けた。

「ああ。天神の松五郎、獣のような勘で危険を察知し、勇次を通して明日の戌の刻五つ迄、俺たちを油断させ、その間に逃げる魂胆だ」

「それで、弁天のおしまたちも……」

由松は、おしまの家を見据えた。

「ああ。おそらく逃げる気だ……」

和馬は頷いた。

「じゃあ、本所の天神の松五郎も……」

由松は眉をひそめた。

「安心しろ、由松。本所には秋山さまと柳橋が行っている」

和馬は笑った。

「そいつは良い……」

由松は笑った。

「和馬の旦那、由松さん……」

勇次は、おしまの家の板塀の木戸門が開いたのを示した。

和馬と由松は身構えた。

木戸門から丈八と下男が現れ、辺りを窺った。そして、木戸門内に何かを告げた。

弁天のおしまと浪人の高田又四郎が、木戸門から出て来た。

「よし。由松、勇次。後ろを押さえろ」

和馬は命じた。

「承知……」

由松は左手に角手を嵌め、勇次は十手を握り締めた。

丈八、下男、おしま、浪人の高田又四郎は、不忍池の畔に向かった。

由松と勇次は、木戸門に走った。

和馬は、丈八、下男、おしま、高田の前に進み出た。

丈八、下男、おしま、高田は怯んだ。

「盗賊天神の松五郎一味の弁天のおしま、丈八、高田又四郎、南町奉行所だ。神妙にお縄を受けるが良い」

和馬は、十手を突き付けた。

「おのれ……」

高田は、おしまを庇って刀を抜いた。

「やるか……」

和馬は苦笑した。

潜んでいた捕り方たちが現れ、周囲に幾つもの高張《たかはり》提灯を掲げた。

「畜生……」

丈八と下男は、匕首を抜いて背後の囲みを破ろうとした。

由松と勇次が、丈八と下男に襲い掛かった。

「手前、やっぱり……」

丈八は狼狽えた。

下男は、逃げるのを諦めてその場に蹲った。

「丈八、戌の刻五つには早すぎるぜ」

勇次は、十手を翳して丈八に迫った。

丈八は、怯《おび》えて逃げようとした。

由松は、逃げようとした丈八の腕を素早く押さえ、殴り飛ばした。

丈八は、腕から血を飛ばして地面に叩き付けられた。

捕り方たちは、叩き付けられて跪く丈八に殺到し、捕り縄を打った。

「勇次、おしまだ……」

「はい……」

勇次は、おしまに向かった。

高田は、おしまを後ろ手に庇って和馬と対峙《たいじ》していた。

「高田、おしま。今頃は天神の松五郎もお縄になっている。最早《もはや》、此れ迄だ」

和馬は笑った。

「お頭も……」

おしまは眉をひそめた。

「おのれ……」

高田は、和馬に斬り掛かった。

和馬は、高田の刀を持つ腕を抱え込み、額を十手で鋭く打ち据えた。

高田は、意識を飛ばして崩れ落ちた。

おしまは匕首を抜いた。

「おしま、堅気の大工房吉を脅して押込みの手引きをさせようとは、許せねえ……」

勇次は、おしまに迫った。

「来るな。来ると刺し殺すよ……」

おしまは、匕首を構えて叫んだ。

「おしま。房吉たちの恨み、思い知れ……」

勇次は、おしまに十手を鋭く一閃した。

おしまは、悲鳴を上げて倒れた。

捕り方たちが、倒れたおしまと高田に殺到した。

勇次は、息を弾ませて額の汗を拭った。

本所竪川の二つ目之橋の船着場には、繋がれた屋根船が小さく揺れていた。

船宿『川乃家』の大戸の潜り戸が開き、船頭が出て来た。そして、辺りに不審がないと見定め、奥に何事かを告げた。

五十歳絡みの肥った旦那が、もう一人の船頭を従えて船宿『川乃家』から現れ、二つ目之橋の船着場に向かった。

五十歳絡みの肥った旦那と二人の船頭は、船着場に下りて屋根船に乗った。

「じゃあ、お頭、障子の内に……」

船頭の一人が勧めた。

「おう。直ぐに出しな」

五十歳絡みの肥った旦那は、二人の船頭に命じて障子を開けた。

次の瞬間、旦那は強張り凍《い》て付いた。

久蔵が、障子の内にいた。

「やあ。天神の松五郎か……」

久蔵は笑い掛けた。

「ああ。お侍は……」

松五郎は、嗄れ声を震わせた。

「俺か、俺は秋山久蔵、南町奉行所の吟味方与力だ」

久蔵は告げた。

「逃げろ……」

松五郎は叫び、船着場に逃げて階段を駆け上がった。

二人の船頭が、慌てて続いた。

松五郎と二人の船頭は、船着場の上に駆け上がって立ち竦んだ。

幸吉、新八、清吉が、高張提灯を掲げた捕り方たちと包囲していた。

「盗賊天神の松五郎、此れ迄だ。神妙にしな」

久蔵が船着場から上がって来た。

松五郎と二人の船頭は、逃げようとした。

「じたばたすると容赦はしねえ」

久蔵は苦笑した。

松五郎と二人の船頭は、抗《あらが》わずにその場にへたり込んだ。

「よし。良い心掛けだ。縄を打て……」

久蔵は命じた。

竪川を来た野菜を積んだ荷船は、櫓を軋ませて大川に進んで行った。

朝だ……。


久蔵は、盗賊天神の松五郎、小頭の弁天のおしま、丈八、高田又四郎を死罪に処し、二人の船頭と下男を遠島の刑にした。

盗賊天神一味の質屋『武蔵屋』押込みは未遂に終わった。

湯島天神同朋町の普請場は、屋根屋や左官も入って活気に満ちていた。

久蔵と勇次は、普請場を眺めた。

房吉は、棟梁の久六や施主と図面を見ながら最後の打ち合わせをしていた。

「良かったな……」

「はい。お陰様で……」

「それにしても勇次、丈八によるとかなり激しくやったようだな」

久蔵は眉をひそめた。

「いえ。あの時は、別の勇次の仕業です……」

勇次は、慌てて言い繕《つくろ》った。

「幼馴染の為には鬼にもなる勇次か……」

久蔵は苦笑した。

第四話

密告者

一

南町奉行所には、多くの人々が出入りしていた。

「あの……」

質素な形の武家の女は、微かな戸惑いを滲ませながら門番所にやって来た。

「何ですか……」

門番は、武家の女に笑い掛けた。

「此れを吟味方与力の秋山久蔵さまにお渡ししてくれと……」

武家の女は、一通の書状を門番に差し出した。

「秋山久蔵さまに……」

門番は、書状を受け取った。

「ええ。頼まれましてね。では……」

武家の女は、門番に笑い掛けて南町奉行所から足早に出て行った。


吟味方与力の秋山久蔵は、用部屋で廻されて来た書類に目を通していた。

「秋山さま……」

当番同心がやって来た。

「何だ……」

「書状が届けられました」

当番同心は、久蔵に書状を差し出した。

「書状だと……」

「はい……」

「誰からだ……」

「差出人は分かりません。武家の女が届けに来たそうです」

「武家の女……」

「はい。書状を届けて直ぐに帰ったそうです」

「そうか……」

久蔵は、『秋山久蔵様』と宛書された書状を開き、読み始めた。

「では、秋山さま……」

当番同心は、会釈をして立ち去ろうとした。

「定廻りの神崎和馬を呼んでくれ……」

久蔵は、書状を読みながら厳しい面持ちで命じた。

「はっ……」

当番同心は立ち去った。

久蔵は、書状を読み終えた。

「垂れ込みか……」

久蔵は、庭を眺めた。

庭には木洩れ日が揺れていた。

「お呼びですか……」

定町廻り同心の神崎和馬がやって来た。

「おう。此奴を読んでみな」

久蔵は、和馬に書状を渡した。

「は、はい……」

和馬は、戸惑いながら書状を読み始めた。

久蔵は、書状が女文字で漢字混じりの処から武家の女の書いたものだと睨んだ。

僅かな刻が過ぎた。

「秋山さま……」

和馬は、久蔵に厳しい眼を向けた。

「読んだか……」

「はい。女文字で中々の筆遣い。武家の女の書いた垂れ込みですか……」

和馬は読んだ。

「うむ……」

久蔵は頷いた。

「本当ですかね。遊び人と浪人共が室町の呉服屋京丸屋《きょうまるや》の娘を勾引《かどわか》して身代金を要求しているってのは……」

和馬は首を捻った。

「さあて。先ずは真偽の程を確かめるしかあるまい……」

久蔵は苦笑した。

娘を勾引された呉服屋『京丸屋』は、町奉行所に報せると娘の命はないと脅されているのに違いない。

「分かりました。ならば呉服屋京丸屋に秘かに探りを入れてみますか……」

和馬は告げた。

「うむ。そうしてくれ……」

「はい。それにしても秋山さま、垂れ込んだ武家の女、何故に秋山さまに……」

和馬は眉をひそめた。

「それなのだが、おそらく私を知っている者なのだろう」

久蔵は読んだ。

「私もそう思います。で、そうなると……」

「今迄に扱った事件に拘りのある者か……」

「違いますかね」

「よし。その辺りから割り出しを急いでみるか……」

久蔵は頷いた。

「はい。では、私は柳橋と京丸屋に……」

「うむ……」

久蔵は、用部屋を出て行く和馬を見送り、再び垂れ込みの書状に眼を通し始めた。


室町は日本橋を北に渡った処にある町であり、多くの人々が行き交っていた。

呉服屋『京丸屋』は老舗であり、店先には大名旗本家御用達の金看板が幾枚も掲げられていた。

「中々の繁盛ですね……」

岡っ引の柳橋の幸吉は、多くの客が訪れている呉服屋『京丸屋』の店を眺めた。

「ああ……」

和馬は、着流し姿で塗笠を被っていた。

「親分、和馬の旦那……」

下っ引の勇次が、呉服屋『京丸屋』の裏手からやって来た。

「どうだ……」

「はい。京丸屋には、おゆいって十八歳になる娘と、十歳の倅の直吉《なおきち》の二人の子供がいるそうです」

勇次は報せた。

「十八歳の娘のおゆいか……」

和馬は眉をひそめた。

「して、その娘のおゆい、店にいるのか……」

幸吉は、呉服屋『京丸屋』を眺めた。

「そいつなんですがね。台所女中に小粒を握らせた処、娘のおゆいは三日前から向島の寮に行っていて留守だそうです」

勇次は告げた。

「三日前から向島の寮に行っている……」

幸吉は、厳しさを過らせた。

「ええ。で、新八を走らせました」

「よし。じゃあ、旦那……」

「うん……」

「勇次、俺は和馬の旦那と京丸屋の京三郎《きょうざぶろう》の旦那に逢って来る。お前は妙な奴が現れ、結び文を投げ込まないか、此のまま京丸屋を見張るんだ」

幸吉は命じた。

「心得ました」

勇次は頷いた。

「和馬の旦那、じゃあ、あっしが先に……」

「うん……」

幸吉は、尻端折《しりはしょ》りを下ろして呉服屋『京丸屋』に向かった。

和馬は、幸吉が呉服屋『京丸屋』の暖簾を潜ったのを見届けた。

「よし。じゃあな、勇次……」

和馬は、勇次を残して呉服屋『京丸屋』に向かった。

呉服屋『京丸屋』には、手代たちがお客に様々な着物や反物《たんもの》を見せていた。

和馬は、塗笠を取りながら店内に幸吉を捜した。

幸吉は、帳場の前の框に腰掛けていた。

和馬は、幸吉のいる帳場に向かった。

「柳橋の……」

「今、番頭さんが奥にいる旦那に……」

幸吉は囁いた。

「うん……」

和馬は頷き、框に腰掛けた。

「お待たせ致しました」

老番頭の彦兵衛《ひこべえ》が、奥から出て来た。

「どうですか……」

幸吉は尋ねた。

「はい。旦那さまがお逢いになると……」

「そいつはありがたい。彦兵衛さん、此方はさっきお話しした南町の神崎さまだ」

幸吉は、老番頭の彦兵衛に和馬を引き合わせた。

「此れは此れは……」

彦兵衛は緊張した。

和馬と幸吉は、奥の座敷に通された。

奥の座敷は手入れの行き届いた庭に面しており、店先の雑音の一切は聞えなかった。

和馬と幸吉は、出された茶を啜って主の京三郎が来るのを待った。

「お待たせ致しました。京丸屋の京三郎にございます」

中年の旦那の京三郎が、老番頭の彦兵衛を従えて来た。

「うむ。私は南町奉行所の神崎和馬……」

「あっしは岡っ引の柳橋の幸吉と申します」

和馬と幸吉は告げた。

「神崎さまと柳橋の親分さん……」

京三郎は、和馬と幸吉に探る眼を向けた。

「うむ。他でもない。京三郎、娘のおゆいは何処にいる……」

和馬は、京三郎を見据えた。

「えっ……」

京三郎は狼狽えた。

「だ、旦那さま、おゆいお嬢さまは、向島の寮に……」

彦兵衛は、慌てて告げた。

「そうです。向島です。ちょいと身体の具合が悪くなって向島の寮に行っております」

京三郎は、声を微かに震わせた。

「旦那、番頭さん。そいつは調べれば直ぐに分かる事ですよ」

幸吉は、それとなく告げた。

「親分さん……」

「京三郎、南町奉行所に室町の呉服屋京丸屋の娘が勾引されて金を強請られていると密告があってね」

和馬は告げた。

「密告……」

「うむ。どうだ。何もかも正直に話しちゃあくれないか。南町奉行所は吟味方与力の秋山久蔵さまを先頭に出来る限りの事をする」

和馬は京三郎を見据えた。

「秋山久蔵さま……」

「うむ……」

和馬は頷いた。

「旦那……」

幸吉は促した。

「神崎さま、柳橋の親分さん。おゆいを、娘のおゆいを助けて下さい……」

京三郎は項垂れた。

「じゃあ、やはり……」

「はい。娘のおゆいは三日前に勾引され、百両出さなければ殺すと……」

「百両……」

和馬は眉をひそめた。

「はい……」

「で、百両はいつ渡すのだ……」

「明日です……」

「明日、何処で……」

「場所と刻は未だでございます。此れから報せて来る筈です」

老番頭の彦兵衛は告げた。

「お願いです。どうか、どうか、おゆいを助けてやって下さい。お願いにございます」

京三郎と彦兵衛は、和馬と幸吉に頭を下げて頼んだ。

「うむ……」

「で、旦那、番頭さん、お嬢さんのおゆいさんを勾引した者に心当たりは……」

幸吉は訊いた。

「ございません」

京三郎は、首を横に振った。

「ええ……」

彦兵衛は頷いた。

「じゃあ、おゆいさんは、いつ何処で勾引されたんですか……」

幸吉は尋ねた。

「そ、それは……」

彦兵衛は口籠《くちご》もり、京三郎を窺った。

「旦那……」

「は、はい。おゆいは三日前、浅草の観音様にお参りに行くと云って出掛けて……」

「その時、お供は……」

「そりゃあもう、お付きの女中が。ですが、浅草寺の境内ではぐれてしまったとか……」

「浅草寺の境内ではぐれた……」

「はい。で、その夜、勾引したと脅し文が来たんです」

京三郎は告げ、鼻水を啜った。

「そうか……」

和馬は頷いた。

和馬は、塗笠を被りながら呉服屋『京丸屋』から出て来て日本橋に向かった。

「和馬の旦那……」

勇次が現れ、背後から並んだ。

「身代金の受け渡しは明日、場所と刻限は未だだ……」

「じゃあ、此れから結び文でも……」

「ああ。で、柳橋は京丸屋に残った。妙な者に気を付けろ。俺は秋山さまに報せる」

「承知……」

勇次は、それとなく離れて行った。

和馬は、南町奉行所に急いだ。

向島、隅田川の土手は桜の花も咲き終わり、葉桜の鮮やかな緑が川風に揺れていた。

新八は、竹屋の渡し、料理屋『平石《ひらいし》』、牛ノ御前、弘福寺《こうふくじ》の前を通り、寺島村《てらじまむら》の小川沿いの道を北に向かった。

呉服屋『京丸屋』の寮は此の辺りにある筈だ……。

新八は進んだ。

やがて、背の高い垣根に囲まれた家の前に出た。

此処か……。

新八は、垣根に囲まれた寮を眺め、木戸門に進んだ。

老下男が、木戸門前の掃除をしていた。

「ちょいとお尋ねしますが……」

「は、はい。何でしょうか……」

老下男は、掃除の手を止めた。

「此方は日本橋は室町の呉服屋京丸屋さんの寮ですか……」

「ええ。左様にございますが……」

「じゃあ、お嬢さんのおゆいさん、おいでになりますか……」

「えっ。お嬢さまですか……」

老下男は眉をひそめた。

「はい。身体の具合が悪いので此方の寮で養生をしていると聞きましたが……」

新八は尋ねた。

「さあて、そいつは何かの間違いではないでしょうか。お嬢さまのおゆいさまは、此処にはお見えではございません」

老下男は、戸惑った面持ちで云い切った。

「そうですか、そいつは御造作をお掛け致しました」

新八は、礼を云って呉服屋『京丸屋』の寮から離れた。

お嬢さんのおゆいは、向島の寮にはいなかった。

やはり、おゆいは勾引されており、京丸屋は取り繕っている……。

新八は読み、来た道を戻って隅田川の土手道に出た。

「おう。新八じゃあないか……」

釣竿を担いだ菅笠を被った老爺が、新八を呼び止めた。

新八は振り返った。

「俺だよ……」

老爺は、菅笠を上げて顔を見せた。

「御隠居さま……」

新八は、老爺が柳橋の先代親分の弥平次だと気が付き、慌てて挨拶をした。

「お役目かい……」

「はい。ちょいと……」

「そうか。ま、桜餅でも食って行くか……」

弥平次は、笑顔で誘った。

「は、はい……」

新八は頷いた。


長命寺《ちょうめいじ》門前の茶店には、隅田川からの川風が穏やかに吹き抜けていた。

弥平次と新八は、縁台に腰掛けて茶を飲みながら桜餅を食べていた。

「ほう。室町の京丸屋の娘が勾引されたのかい……」

弥平次は、茶を啜った。

「はい。で、京丸屋は勾引されたのを隠して向島の寮で病の養生していると……」

「で、裏を取りに向島に来たかい……」

「はい……」

「きっと、お上に届けたら娘の命はないと脅されているんだろうな」

弥平次は読んだ。

「はい。きっと……」

新八は、桜餅を食べながら頷いた。

「で、娘が勾引されたのはいつだ……」

弥平次は尋ねた。

「おそらく三日前だと思います」

新八は告げた。

「三日前……」

弥平次は、白髪眉をひそめた。

「ええ。御隠居さま、何か……」

「う、うん。三日前、土手で釣りをしていたら若い娘と浪人や遊び人を乗せた舟が水神の方に行ってな……」

弥平次は、微かな戸惑いを過らせた。

「御隠居さま、水神に行ってみます」

新八は、茶を飲み干して縁台から立った。

土手の葉桜が川風に吹かれ、音を鳴らして揺れた。

二

「やはり、娘のおゆいは勾引されていたか……」

久蔵は頷いた。

「はい。で、身代金は百両だそうです」

「百両……」

久蔵は眉をひそめた。

「はい。で、受け渡しの刻と場所は未だ云って来ないと云うので、柳橋が京丸屋に残り、勇次が見張っています」

和馬は告げた。

「そうか……」

「して、秋山さま、書状を届けに来た武家の女の割り出しは……」

和馬は尋ねた。

「そいつなんだが、和馬。書状の文字や筆遣い、それから書状を受け取った門番の話からすると、やはり、書いた武家の女は中年以上だな」

久蔵は読んだ。

「ならば、勾引しをした者の母親ですか……」

和馬は眉をひそめた。

「うむ。それで、今、二十歳前後の倅を持つ武家の母親で、俺の扱った事件に拘りのあった者を捜した……」

久蔵は告げた。

「はい、それで……」

「十年前、雇い主の唐物屋《からものや》の主を庇って私と斬り合い、敗れ去った浪人がいたのだが、その浪人には妻と七、八歳の倅がいた……」

「浪人の名は……」

「望月平九郎《もちづきへいくろう》だ……」

「して、望月平九郎は……」

「うむ。私に斬られて深手を負ったが、医者に運んで辛うじて命を取り留めてな。

雇い主の唐物屋は抜け荷の罪で裁いたが、望月平九郎は構いなしとした。だが、三年後に病で死んだと聞いた。今、思い浮かぶのは、その望月平九郎の妻の妙《たえ》だ」

「じゃあ、その望月妙が書状を……」

「うむ。当たってみる必要がありそうだ」

「ならば……」

「望月妙は私が当たる。和馬は、引き続き京丸屋の娘おゆいを捜せ……」

久蔵は命じた。

水神は、隅田川に綾瀬川《あやせがわ》が合流する手前の川岸にあった。

「水神の界隈にある家はあそこだけだぜ……」

弥平次は、川岸にある水神近くの家を示した。

「誰の家ですか……」

「何とかって絵師の家だと聞いているよ」

「絵師ですか……」

「ああ……」

新八と弥平次は、絵師の家に近寄った。

絵師の家からは、若い女と男たちの賑やかな笑い声が洩れて来た。

「どうやら、違うようですね……」

新八は苦笑した。

「う、うむ……」

弥平次は頷いた。


呉服屋『京丸屋』は、薄い緊張に覆われていた。

幸吉は、娘のおゆい付きの女中のおかよを呼び、勾引された日の事を訊いた。

「は、はい。お嬢さまとはぐれたのは、浅草寺の境内の人混みです」

おかよは、幸吉から眼を背け、落ち着かない様子を見せた。

何か隠している……。

幸吉の勘が囁いた。

よし……。

「その時、お嬢さんやお前さんと一緒にいた男は、何処の誰かな……」

幸吉は笑い掛けた。

「えっ……」

おかよは、微かに狼狽えた。

「お嬢さんが勾引された日、浅草寺でお嬢さんとお前さんが男と話しているのを見掛けたって人がいてね」

幸吉は、鎌を掛けた。

「あっ。その人なら、お茶でも飲まないかってしつこく声を掛けて来て……」

おかよは、慌てて声を震わせた。

「誘って来たのか……」

「はい。でも、知らない人ですし、お嬢さまと私は断りました」

女中のおかよは、鎌に掛かった。

もし、男に茶に誘われたのなら、今迄どうして云わなかったのか……。

嘘だ。

幸吉は、おかよが嘘を吐いていると睨んだ。

「そうか。処でお嬢さんは良く浅草寺にお参りに行ったようだね」

「はい。観音様を信心されていますから……」

「その時、お前さん、茶店で一人茶を飲んでいたそうだね」

幸吉は苦笑した。

「えっ……」

おかよは狼狽えた。

やはり……。

幸吉の微かな懸念は、確かなある疑惑に変わった。

「おかよ。お嬢さん、浅草寺にお参りに行っては、男と逢っていたんだね」

幸吉は斬《き》り込んだ。

「お、親分さん……」

おかよは、顔を苦しく歪めた。

「何もかも正直に話せば、お前さんに累は及ぼさないよ……」

幸吉は囁いた。

「は、はい……」

おかよは、喉を鳴らして頷いた。

「お嬢さん、どんな男と付き合っているのだ」

「役者や遊び人や浪人、いろんな男の人たちです」

おかよは、小声で告げた。

お嬢さんのおゆいは、かなり男遊びに慣れた娘なのだ。

幸吉は、おゆいの本性を知った。

「じゃあ、お嬢さんが浅草に行って男と逢引きをしている間、おかよは浅草寺の境内で待っていたのか……」

「はい……」

「で、今度の勾引し、お嬢さんが男と逢いに行ったまま帰って来なかったんだな」

「はい。私は恐ろしくなって、はぐれてしまったと……」

「そうか。で、その時のおゆいさんの逢引きの相手は誰なのかな……」

「さあ……」

「分からないか……」

「はい。遊び人の伊佐吉《いさきち》さんが、いろいろ手配りをしていましたので……」

「遊び人の伊佐吉、家は何処かな……」

「駒形堂の裏の長屋です」

「駒形堂の裏の長屋……」

「はい。確か駒形長屋だったと思います」

「お嬢さんが帰って来なかった時、その駒形長屋には寄らなかったのか……」

「寄りました。ですが、伊佐吉さんも誰もいませんでした」

「そうか……」

「親分さん、私、お嬢さまの云う通りにしていただけなんです」

おかよは、浮かぶ涙を拭った。

「良く分かっているよ。おかよ、此の事は誰にも云っちゃあならねえよ」

幸吉は、おかよに口止めをした。

「はい……」

おかよは、真剣な面持ちで頷いた。

「じゃあ、いつも通りに働いていな」

幸吉は、おかよを解放し、裏口から呉服屋『京丸屋』を出た。

呉服屋『京丸屋』の裏木戸を出ると裏通りになる。

裏を見張っていた清吉が、裏通りに出て来た幸吉に駆け寄って来た。

「親分……」

「おう。表の勇次を呼んで来い……」

「はい……」

清吉は、呉服屋『京丸屋』の表を見張っている勇次の許に走った。

「駒形堂裏の駒形長屋に住んでいる遊び人の伊佐吉ですか……」

勇次は眉をひそめた。

幸吉は、お嬢さんのおゆいの本性と遊び人の伊佐吉の拘りを報せた。

「それにしても、男遊びの好きなお嬢さんだったとは……」

清吉は呆れた。

「それでだ、勇次。京丸屋の見張りは清吉に任せ、由松と伊佐吉を追え……」

幸吉は命じた。

「承知、じゃあ……」

勇次は、幸吉に会釈をして駆け去った。

清吉は、勇次に代わって呉服屋『京丸屋』の見張りに就いた。

幸吉は、呉服屋『京丸屋』に戻った。

呉服屋『京丸屋』には、和馬が戻っていた。

「こりゃあ、和馬の旦那……」

「おう、柳橋の。何か分かったかい……」

「ええ。いろいろと……」

　幸吉は苦笑した。


　外濠鎌倉河岸の船着場には、小さな波が打ち付けていた。

　浪人望月平九郎の家は、鎌倉河岸の前の三河町の裏通りの路地奥にあった。

　望月平九郎が病死した後、妻と倅は未だ住んでいるのか……。

　久蔵は、三河町の自身番に廻った。


「路地奥の家には、望月妙さんと倅の四郎《しろう》さんがお住まいですが……」

　自身番の店番は、緊張した面持ちで告げた。

「そうか。平九郎が病で亡くなってからも住んでいたか……」

　久蔵は、何故か微かな安堵を覚えた。

「はい。御新造さまが組紐《くみひも》や飾結びを作って暮らしを立てております」

「倅の四郎は何をしている……」

「学問所や剣術道場に通っているとは聞いておりますが、はっきりした事は存じません」

店番は、言葉を濁した。

もし、垂れ込みの書状を届けたのが、望月妙ならば倅の四郎が呉服屋『京丸屋』の娘おゆいの勾引しに何らかの拘わりがあるのかもしれない。

「そうか。良く分かった。此の事、他言無用だ。良いな……」

久蔵は、店番を厳しく見据えた。

「は、はい。心得ております」

店番は、緊張に声を上擦らせた。

久蔵は、自身番を出て三河町の裏通りに向かった。

裏通りの路地には、小さな家が並んでいた。

路地奥には井戸があり、その傍の家が望月妙と四郎親子の住む家だった。

夕飯の仕度には未だ間があり、井戸端には誰もいなかった。

久蔵は、路地奥に進んで望月家の様子を窺った。

望月家は人の気配があるが、静けさに満ちていた。

おそらく、妙が組紐か飾結び作りに励んでいるのだ。

妙は、夫の望月平九郎が亡くなってからそうして倅の四郎を育てて来た。そして今、倅が悪事に走るのを防ごうとしている。

久蔵は、望月妙の苦しい胸の内に思いを馳せた。

路地に赤ん坊の泣き声が響いた。


大川には様々な船が行き交っていた。

由松と勇次は、駒形堂裏の駒形長屋の木戸を潜り、伊佐吉の家に向かった。

「伊佐吉さん……」

勇次は、伊佐吉の家の腰高障子を叩いた。

「伊佐吉さん……」

勇次は、尚も腰高障子を叩いた。

「留守のようだな」

由松は、腰高障子を引いた。

腰高障子は開いた。

「勇次……」

由松と勇次は、伊佐吉の家に踏み込んだ。

伊佐吉の家の中は薄暗く、蒲団が敷かれたままであり、貧乏徳利や空の湯飲茶碗が転がっていた。

勇次は、竈《かまど》の灰を検めた。

灰は冷たく固まっていた。

「暫く使っちゃあいませんね」

勇次は読んだ。

「何処をうろついているのやら……」

由松と勇次は、狭い家の中を調べた。

「伊佐吉なら四、五日前から帰っちゃあいないけど、お前さんたち何なのさ……」

初老の肥ったおかみさんが、戸口から胡散臭そうに覗いていた。

「やあ。おかみさん、あっしたちは……」

勇次は、懐の十手を見せて笑い掛けた。

「あら。ま……」

「伊佐吉、四、五日前から帰っちゃあいないそうですが、何処に行っているか知っていますかい……」

勇次は尋ねた。

「さあ、良く分からないけど、浅草寺の境内でうろうろしてんじゃあないかい。地廻りの兼吉《かねきち》たちと……」

おかみさんは、馬鹿にしたように告げた。

「地廻りの兼吉ですかい……」

勇次は眉をひそめた。

「ええ。聖天《しようでん》一家の三下だよ」

おかみさんは嘲笑した。

「勇次……」

由松は、勇次を促して木戸に向かった。

「ええ。おかみさん、造作を掛けました。助かりましたよ」

勇次は、由松に続いた。

浅草聖天町は、隅田川沿いの花川戸町から山谷堀に行く途中にある。

由松と勇次は、花川戸町の通りを山之宿町《やまのしゆくまち》に抜けて聖天町に入った。

地廻りの聖天一家は通りにあった。

「おう。邪魔するぜ……」

勇次と由松は、聖天一家の土間に入った。

「おいでなさい……」

土間にいた三下が迎えた。

「おう。兼吉はいるかい……」

勇次は訊いた。

「えっ。兼吉の兄貴ですかい……」

三下は、兄貴分の兼吉を呼び捨てにする勇次に暗い眼を向けた。

「ああ。いるならちょいと呼んで貰おうか」

「お前さん方は……」

「ああ……」

勇次は、懐の十手を見せた。

「えっ……」

三下は、怯えを過らせた。

「兼吉をさっさと呼ばねえと、聖天一家、只じゃあ済まねえぜ……」

由松は凄《すご》んだ。

「は、はい。兼吉さん、兼吉の兄貴……」

三下は、慌てて奥に叫んだ。

「何だ。煩せえな……」

兼吉が奥から現れ、勇次と由松を見て緊張を滲ませた。

「兼吉かい……」

勇次は、十手を見せた。

「ええ……」

「ちょいと訊きたい事がある。面を貸してくれねえか……」

由松は、笑い掛けた。

「遊び人の伊佐吉ですかい……」

兼吉は、強張った笑みを浮かべた。

「ああ。伊佐吉、駒形堂裏の長屋にいねえんだが、何処で何をしているか知っているかな」

勇次は尋ねた。

「伊佐吉なら大店のお嬢さんに男を取り持つのに忙しいんじゃあないですか……」

兼吉は苦笑した。

「お嬢さんに男を取り持つ……」

「伊佐吉、そんな真似をしているのか……」

勇次と由松は、思わず顔を見合わせた。

「で、その大店のお嬢さんってのは……」

「室町の呉服屋京丸屋のおゆいって娘ですよ」

兼吉は告げた。

「京丸屋のおゆいか……」

「で、伊佐吉、その娘にどんな奴らを取り持っているんだ……」

由松は訊いた。

「役者や御家人、お店の旦那に坊さん。いろいろ見境なしですよ」

兼吉は笑った。

「で、伊佐吉に仲間はいなかったか……」

「いますよ……」

「誰だ……」

「役者の菊助《きくすけ》、絵師の菱川東州《ひしかわとうしゅう》、御家人の藤森竜之進《ふじもりたつのしん》と望月って使い走りの若い浪人なんかと良く連んでいますぜ」

「由松さん……」

「ああ。伊佐吉を入れて五人、娘一人を勾引すには人数が多過ぎるな」

「ええ。それで身代金が百両とは……」

「五人で分ければ、一人二十両。勾引しなんて危ない真似をする程の分け前かな……」

由松は読んだ。

「ええ。由松さん、此の勾引し、何か妙ですね」

勇次は眉をひそめた。

三

新八は、向島から呉服屋『京丸屋』に戻り、見張りに就いていた清吉と合流した。そして、情況を聞き、呉服屋『京丸屋』の裏手を見張る事にした。

「あっ……」

清吉が短い声を上げた。

「どうした」

裏手に廻り掛けた新八が振り返った。

「今、若い浪人が京丸屋に何かを放り込んだ」

清吉は告げた。

「清吉、そいつを追え。俺は何を放り込んだか、見定める」

清吉は、行き交う人の中を若い浪人を追った。

新八は、人の行き交う通りを横切り、呉服屋『京丸屋』に走った。

「合点だ……」

清吉は、日本橋の通りを神田八つ小路に急いだ。

やがて、行く手に若い浪人の姿が見えた。

彼奴だ……。

清吉は、足早に行く若い浪人が呉服屋『京丸屋』に何かを放り込んだ者だと見定めた。

よし……。

清吉は、若い浪人の尾行を始めた。

結び文は、客と奉公人が商談をしている店の土間の隅に落ちていた。

新八は、結び文を拾って帳場にいる番頭の彦兵衛の許に急いだ。

彦兵衛は、新八を店の座敷に誘った。


「親分、和馬の旦那……」

店の座敷には、和馬と幸吉がいた。

「どうした、新八……」

幸吉は、新八を迎えた。

「若い浪人が結び文を……」

新八は、結び文を差し出した。

「神崎さま、柳橋の親分さん……」

旦那の京三郎が、彦兵衛を従えて座敷に入って来た。

「旦那、結び文が投げ込まれた。開けてみろ」

和馬は命じた。

「は、はい……」

京三郎は、震える指で結び文を解いて一読し、和馬に渡した。

「明日、午《うま》の刻九つ（午前十二時）、両国橋の西詰の袂に女中のおかよに百両、持参させろ」

和馬は、結び文を声を出して読んだ。

「おゆい付きの女中のおかよか……」

「柳橋の……」

「和馬の旦那。奴らあっしたちが細工をするのを恐れ、顔を知っているおかよに金を運ばせる気だ……」

幸吉は読んだ。

「して、新八、結び文を放り込んだ奴は……」

和馬は尋ねた。

「若い浪人で、清吉が追いました」

新八は告げた。

若い浪人は、日本橋の通りの今川橋跡を西に曲がった。

清吉は尾行た。

若い浪人は、外濠の鎌倉河岸に出て三河町に進んだ。そして、三河町の裏通りの路地に入った。

清吉は、路地の入口に駆け寄り、奥を覗いた。

若い浪人は、路地奥の家に入った。

清吉は見届け、三河町の木戸番に使いを頼んだ。

鎌倉河岸に夕陽は映えた。


役者の菊助、御家人の藤森竜之進、絵師の菱川東州、若い浪人の望月……。

由松と勇次は、遊び人の伊佐吉の仲間を調べた。

だが、役者の菊助と御家人の藤森竜之進は家におらず、何処に行っているかは分からなかった。

残るは向島に住んでいる菱川東州と住まいの分からない若い浪人の望月……。

夕陽は沈み、夜になった。

由松と勇次は、探索を諦めた。

燭台の灯りは、久蔵の用部屋を照らした。

「で、清吉が京丸屋に結び文を投げ込んだ若い浪人の家を突き止め、見張っているのか……」

久蔵は眉をひそめた。

「はい。三河町の裏通りにある家に入ったそうです」

和馬は報せた。

三河町の裏通りの家……。

若い浪人は、望月四郎なのだ。

「して、どうした……」

「下手に捕らえたりすれば、仲間が異変に気が付き、おゆいがどうなるかは分かりません。ですから、何もせずに見張れと……」

和馬は告げた。

「うむ。それで良い。して、取引きは明日の午の刻九つ、おゆい付きの女中のおかよに持って来いと云って来たか……」

「はい。ですが、おゆいに関していろいろ分かって来ると、どうにもすっきりしないのです」

和馬は眉をひそめた。

「すっきりしない……」

「はい……」

「詳しく話してみろ」

久蔵は、和馬を促した。

「はい。勾引された京丸屋の娘のおゆいなのですが、浅草寺の観音さまに参拝に行くと出掛けては、男と逢引きしていたそうです」

「男と逢引き……」

「はい。それも、遊び人の伊佐吉に役者や御家人、大店の旦那や坊主を取り持って貰い……」

和馬は、微かな嫌悪を過らせた。

「成る程、男好きの男漁《あさ》り、京丸屋のおゆい、そう云うお嬢さまだったか……」

久蔵は苦笑した。

「で、伊佐吉には絵師の菱川東州、御家人の藤森竜之進、役者の菊助、望月と申す若い浪人の仲間がいるそうです」

「ならば、京丸屋の結び文を投げ込んだ若い浪人は望月だな」

「おそらく。で、役者の菊助と御家人の藤森竜之進は家にいなく、絵師の菱川東州の家は向島なので、由松と新八が明日一番に行ってみるそうです……」

「そうか……」

「秋山さま、此の一件、本当に勾引しなんですかね……」

和馬は眉をひそめた。

「どう云う事だ……」

「遊び人の伊佐吉と京丸屋の娘のおゆいは、取持ち屋と客の間柄。おゆいは伊佐吉に勾引されていても、何処かの宿で男と遊んでいるとしか思っていないのかもしれません」

和馬は読んだ。

「成る程。して、おゆいの与《あず》り知らぬ処で伊佐吉たちが勾引しに仕立てて、京丸屋に身代金を要求しているか……」

久蔵は睨んだ。

「違いますかね……」

「いや。大店の娘の身代金が百両ってのも少ない。あり得るな……」

久蔵は頷いた。

「ならば、秋山さま……」

「和馬、何事も明日の午の刻九つだ……」

久蔵は苦笑した。


幸吉は、新八と蕎麦屋の二階の座敷を借り、窓から向かい側の呉服屋『京丸屋』を見張っていた。

呉服屋『京丸屋』は、大戸を閉めて寝静まっていた。

「そう云えば、親分、御隠居さまが偶には平ちゃんを連れて来いと仰っていましたよ」

新八は告げた。

「向島で逢ったのか……」

「はい。御隠居さま、釣りに行く途中でして、桜餅を御馳走になりました」

「そいつは良かったな……」

幸吉は笑った。

「で、その時、今度の勾引しを話したら、三日前に若い女と浪人たちが乗った船を見たと……」

「若い女と浪人たち……」

「ええ。水神近くの家に行ったんじゃあないかと。で、御隠居さまと見に行ったんですが、家から若い女たちの賑やかな笑い声がしていましてね。こりゃあ違うと……」

新八は苦笑した。

「新八、その水神近くの家は、誰の家なんだ」

幸吉は眉をひそめた。

「御隠居さまのお話じゃあ、絵師の家だそうです」

「絵師だと、名前は……」

「さあ、そこ迄は。親分、絵師がどうかしましたか……」

新八は、怪訝な眼を向けた。

「遊び人の伊佐吉が連んでいる奴の中に、絵師の菱川東州ってのがいてな……」

「菱川東州……」

「ああ……」

幸吉は、厳しい面持ちで頷いた。

夜廻りの木戸番の打つ拍子木の音が、夜空に甲高く響き渡った。


呉服屋『京丸屋』の娘おゆいの身代金の受け渡しの日になった。

久蔵は、和馬と幸吉に身代金の受け渡しを任せ、三河町の望月妙の家に向かった。

和馬と幸吉は、身代金百両の受け渡しの両国橋の西詰で雲海坊に托鉢をさせ、勇次に女中のおかよを見張らせた。そして、由松と新八を向島に走らせた。


巳《み》の刻四つ（午前十時）が過ぎた。

おゆい付きの女中のおかよは、切り餅四個の百両の包みを抱え、呉服屋『京丸屋』を出て両国橋に向かった。

勇次が追った。

和馬は浪人、幸吉は職人の親方を装《よそお》い、勇次に続いた。

外濠鎌倉河岸は荷積み荷下ろしも終り、静けさを取り戻していた。

着流し姿の久蔵は、塗笠を目深に被って鎌倉河岸を抜け、三河町の裏通りにやって来た。

裏通りの物陰には清吉が潜み、路地を見張っていた。

久蔵は、物陰に潜む清吉に近付いた。

「秋山さま……」

清吉は、久蔵に気が付いた。

「やあ。御苦労だな。動きはないか……」

久蔵は、路地奥の家を見た。

「はい。望月四郎、昨夜は家から一歩も出掛けてはおりません」

「そうか。清吉……」

久蔵は、清吉を促して物陰に入った。

路地奥の家の腰高障子が開き、若い浪人が出て来た。

「京丸屋に結び文を入れた望月四郎です」

清吉は見定めた。

奥の家から妙が現れ、四郎を見送った。

望月妙……。

久蔵は、四郎を望月平九郎と妙の子だと見定めた。

望月四郎は、両国広小路に向かった。

「秋山さま、尾行ます」

「行き先はおそらく両国橋、後から行く……」

久蔵は告げた。

「はい。じゃあ……」

清吉は、物陰を出て四郎を追った。

久蔵は、続いて物陰を出た。

妙は、久蔵に気が付いた。

久蔵は、塗笠を上げて妙を見た。

妙は、哀し気な面持ちで久蔵を見詰めた。

久蔵は頷き、塗笠を目深に被り直して四郎を尾行た清吉を追った。

妙は、深々と頭を下げて久蔵を見送った。


両国広小路には露店や見世物小屋が連なり、多くの人々で賑っていた。

おゆい付きの女中のおかよは、百両の包みを抱え、辺りを警戒しながら両国広小路に進んだ。

勇次は、おかよを見守り、近付く者を警戒した。

そして、和馬と幸吉が続いた。


おかよは、両国広小路の雑踏を横切り、両国橋の西詰の袂に向かった。

両国橋の西詰の袂には、野菜売りの百姓の老爺、弥次郎兵衛《やじろべえ》売り、古道具屋などが並び、端で雲海坊が托鉢をしていた。

おかよは、辺りを見廻して雲海坊の隣に立った。

雲海坊は、経を読みながらおかよに笑い掛けた。

おかよは、強張った笑みを浮かべた。

勇次は、物陰から見張った。

「どうだ……」

和馬と幸吉が、勇次の傍らにやって来た。

「雲海坊さんの隣に……」

勇次は、托鉢をする雲海坊の隣に不安気な面持ちで佇むおかよを示した。

「よし。おそらく奴らは船で来る筈だ。仕度は良いだろうな」

幸吉は、勇次に念を押した。

「はい……」

勇次は、緊張した面持ちで頷いた。

おかよは佇み、雲海坊、勇次、幸吉、和馬は見守った。

両国広小路は賑わった。


隅田川は滔々と流れていた。

由松と新八は、向島の土手道を水神に進んだ。

「おう。由松、新八……」

長命寺の茶店に弥平次がいた。

「こりゃあ御隠居……」

由松と新八は挨拶をした。

「水神の絵師の家か……」

「御隠居……」

由松と新八は、弥平次に怪訝な眼を向けた。

「とにかく歩きながらだ……」

弥平次は、土手道を水神に急いだ。

「はい……」

由松と新八は続いた。

「あれから気になってな。時々、絵師の家を窺っていたんだが、どうにも妙でな」

弥平次は苦笑した。

「御隠居。相変わらずですね。奴らは……」

由松は、勾引しの一件を報せた。

新八、由松、弥平次は、水神にやって来た。

水神の船着場から小舟が出て行った。

「由松さん、御隠居……」

新八が、隅田川の流れに乗る小舟を示した。

小舟は中年の侍を乗せ、遊び人風体の男が櫓を操っていた。

「遊び人の伊佐吉と御家人の藤森竜之進だ」

由松は見定めた。

「ええ。もう直ぐ午の刻九つ、両国橋に行くんですぜ」

新八は睨んだ。

「うむ。じゃあ、家に残っているのは、絵師の菱川東州と役者の菊助、それに勾引された京丸屋の娘のおゆいの三人だな」

由松は読んだ。

「ええ。どうします」

新八は、由松に出方を尋ねた。

「勾引しは人質を無事に助けるのが一番の仕事だ。相手は絵師と役者……」

由松は、不敵な笑みを浮かべた。

「よし。由松、おゆいは俺が引き受けるよ」

弥平次は頷いた。

「そいつはありがたい。御隠居さま、宜しくお願いします」

由松は、弥平次が己の出方を認めてくれたのに安堵した。

「ああ……」

「じゃあ、新八……」

由松は、新八を促して絵師の菱川東州の家に向かった。

家の中は薄暗かった。

新八と由松は、勝手口の板戸を破り、台所から忍び込んだ。

奥から男と女の呻き声が聞えた。

新八と由松は、呻き声のする奥に進んだ。

弥平次が続いた。


薄暗い座敷に敷かれた蒲団の上では、若い女と男が裸で絡み合い、中年の絵師が筆を走らせていた。

「由松さん……」

新八は眉をひそめた。

「勾引しの序《つい》でに枕絵作りか……」

由松は苦笑し、奥の座敷に踏み込んだ。

「な、何だ。お前たちは……」

絵師の菱川東州は驚いた。

「静かにしな。菱川東州だな……」

由松は、絵師の菱川東州を押さえた。

新八は、驚いて起きた若い男を押さえた。

「お前が役者の菊助か……」

「は、はい……」

菊助は、素っ裸で震え上がった。

弥平次は、上気した顔で息を弾ませている若い女に声を掛けた。

「お前さん、京丸屋のおゆいさんだね……」

「ええ……」

おゆいは、科《しな》を作って笑った。

弥平次は苦笑した。

四

両国広小路の賑わいは続いた。

おかよは、不安気な様子で両国橋の袂に佇み続けた。

雲海坊、勇次、幸吉、和馬は、おかよを見守った。

望月四郎は、連なる露店の陰から両国橋の袂に佇むおかよを見詰めていた。

久蔵と清吉は、望月四郎を見張っていた。

大川を挟んだ本所回向院《えこういん》から午の刻九つの鐘の音が響いて来た。

午の刻九つ……。

身代金百両の受け渡しの刻限だ。

おかよ、雲海坊、勇次、幸吉、和馬は緊張した。

望月四郎は、佇むおかよを見詰めた。

久蔵と清吉は、四郎との間合いを詰めた。

両国橋の下の船着場から御家人の藤森竜之進が現れ、袂に佇むおかよに近付いた。

現れた……。

和馬と幸吉は、おかよの許に近付いた。

勇次は、両国橋の下の船着場に足早に下りて行った。

役人か……。

四郎は、和馬と幸吉に気が付き、藤森に報せに行こうとした。

「動くな……」

久蔵は、四郎に囁いた。

四郎は驚き、刀の柄《つか》を握り締めた。

「抜くんじゃない……」

久蔵は、四郎の刀の柄頭を押さえて厳しく見据えた。

四郎は、凍て付いた。

藤森竜之進は、おかよに声を掛けた。

「金を渡せ……」

「お嬢さまは……」

おかよは、必死の面持ちで訊いた。

「機嫌良く男と遊んでいる。金だ……」

「は、はい……」

おかよは、百両の包みを藤森に渡し、その場にしゃがみ込んだ。

「おい、どうした。大丈夫かい……」

雲海坊は驚き、しゃがみ込んだおかよに声を掛けた。

藤森は、百両の包みを持って船着場に急いだ。

幸吉と和馬は追った。


藤森竜之進は、船着場に駆け下りて伊佐吉の待つ小舟に飛び乗った。

伊佐吉は、素早く小舟を漕ぎ出した。

幸吉と和馬は駆け下りた。

「親分、和馬の旦那……」

勇次の漕ぐ猪牙舟が来た。

幸吉と和馬は、勇次の漕ぐ猪牙舟に乗った。

「追います……」

勇次は猪牙舟を操り、藤森を乗せた伊佐吉の小舟を追った。

「は、離せ……」

望月四郎は焦った。

「望月四郎、お前は此処迄だ……」

久蔵は、静かに告げた。

「お、おぬしは……」

四郎は、嗄れ声を震わせた。

「私か、私は秋山久蔵だ……」

久蔵は微笑んだ。

「秋山久蔵……」

四郎は、父親を斬った秋山久蔵の名を知っていたのか、激しく驚いた。

「此れ以上の深入りは、母上を泣かせるだけだ……」

久蔵は、云い聞かせた。

「母上……」

四郎は戸惑った。

刹那、久蔵は四郎の脾腹《ひばら》に拳を鋭く叩き込んだ。

四郎は、意識を失って崩れ落ちた。

周囲にいた人々が騒《ざわ》めいた。

「秋山さま……」

清吉が駆け寄った。

「自身番に担ぎ込め……」

久蔵は命じた。

「合点です」

清吉は、気を失っている四郎を担ぎ上げて自身番に走った。

久蔵は続いた。

両国広小路の賑わいは続いた。

伊佐吉の漕ぐ小舟は、藤森竜之進を乗せて吾妻橋に進んでいた。

勇次は、幸吉と和馬を乗せた猪牙舟を巧みに操り、伊佐吉の小舟を追った。

伊佐吉の小舟は、吾妻橋を潜った。

伊佐吉の小舟は、藤森竜之進を乗せて向島の水神に進んだ。そして、水神の船着場に小舟の船縁《ふなべり》を寄せた。

藤森は下り、伊佐吉が小舟を舫《もや》った。

「上首尾だ……」

「ああ……」

藤森と伊佐吉は、船着場から絵師の菱川東州の家に向かった。

勇次の漕ぐ猪牙舟が現れた。

和馬と幸吉は、素早く船着場に下りた。


絵師の菱川東州の家は、静けさに包まれていた。

伊佐吉と藤原竜之進は、水神に続く小道からやって来た。

そして、垣根の木戸門を潜って菱川東州の家に入って行った。


「東州、菊助、今戻ったぞ……」

藤森竜之進は、叫びながら家の奥に向かった。

伊佐吉が続いた。

「東州……」

藤森竜之進と伊佐吉は、絵師の菱川東州の仕事場に入った。

「首尾良く終わったぞ……」

藤森は告げた。

東州の仕事場には誰もいなかった。

「東州先生、菊助……」

伊佐吉は、怪訝な面持ちで誰もいない仕事場を見廻した。

「やあ。百両、まんまとせしめて来たか……」

由松が現れた。

「な、何だ、手前は……」

藤森と伊佐吉は身構えた。

「岡っ引の柳橋の幸吉の身内の者だぜ……」

由松は苦笑した。

「何だと……」

藤森は刀を抜き、伊佐吉は匕首を構えた。

「男好きのおゆいに男を宛《あて》がって此処に閉じ込め、呉服屋京丸屋におゆいを助けたければ身代金を寄越せと、勾引しの真似事をして脅したな」

由松は笑った。

「下郎……」

藤森は、刀を構えて由松に迫った。

「やるか……」

由松は、左手に角手を嵌め、右手に鉄拳を嵌めた。

「悪あがきは此処迄だ……」

「御苦労だったな、由松……」

和馬と幸吉が、勇次を従えて入って来た。

藤森と伊佐吉は怯んだ。

「南町奉行所だ。藤森竜之進、伊佐吉、呉服屋京丸屋の娘おゆいを勾引し、金を脅し取ったのは分っている。神妙にお縄を受けろ」

和馬は、厳しく云い放った。

「ふ、藤森の旦那……」

伊佐吉は狼狽えた。

「お役人、俺は御家人だ。町奉行所の咎めを受ける謂れはない……」

藤森は、声を激しく震わせた。

「藤森竜之進、お前さんが御家人だと云う確かな証はあるのか……」

和馬は訊いた。

「そ、それは組屋敷に戻れば……」

「確かな証がないなら、先ずは神妙にお縄を受け、町奉行所の白洲で申し開きをされるが良い……」

和馬は笑った。

「おのれ……」

藤森は、和馬に斬り掛かった。

和馬は、藤森の刀を弾き飛ばした。

藤森は、踏鞴《たたら》を踏んだ。

勇次が、踏鞴を踏んだ藤森を蹴り飛ばした。

藤森は、前のめりに倒れ込んだ。

勇次は、藤森に馬乗りになって十手で容赦なく殴り付けた。

伊佐吉は逃げた。

幸吉は飛び掛かり、十手で殴り倒した。

伊佐吉は、悲鳴を上げて倒れた。

「やあ。お役目御苦労さまです……」

弥平次が笑顔で現れた。

「こりゃあ御隠居……」

和馬は笑った。

「和馬の旦那、京丸屋の娘のおゆい、絵師の菱川東州と役者の菊助は、新八が押さえていますぜ」

弥平次は笑った。

「そうか……」

「御隠居、おゆいは……」

幸吉は尋ねた。

「そりゃあもう、驚く程、達者にしていたよ」

弥平次と由松は苦笑した。

呉服屋『京丸屋』の娘おゆいは、和馬と幸吉に付き添われて日本橋室町の店に戻った。

まるで何事もなかったかのように……。

呉服屋『京丸屋』主の京三郎は、娘のおゆいの無事な帰りを泣いて喜んだ。

「お、お父っつあん……」

おゆいは、父親京三郎に抱き着いて泣き出した。

和馬と幸吉は、思わず苦笑した。


久蔵は、遊び人の伊佐吉、絵師の菱川東州、役者の菊助を勾引しの罪で死罪に処し、御家人の藤森竜之進を評定所に訴えた。

評定所は御家人藤森竜之進に切腹を命じ、藤森家を取り潰しにした。

呉服屋『京丸屋』の娘のおゆいは、浅草の観音様参りを再び始めた。


久蔵は、使い走りをしていた浪人の望月四郎の裁きを思案した。

四郎の母親の望月妙は、己の倅が捕えられて死罪にされるのを覚悟し、久蔵に密告をした。

久蔵は、母親妙の哀しい覚悟を知った。そして、密告した母親妙に免じて構いなしとして放免した。

望月妙は、久蔵に深く感謝した。

さあて、此れで良かったかな……。
久蔵は、既に亡い好敵手の剣客望月平九郎に語り掛けた。
子は育ち、親は老いる。
刻は否応なく過ぎて行く……。

この作品は「文春文庫」のために書き下ろされたものです。

文春文庫

絵《え》草《ぞう》紙《し》
新《しん》・秋山《あきやま》久蔵《きゅうぞう》御《ご》用《よう》控《ひかえ》（二十）

定価はカバーに表示してあります

2024年9月10日　第1刷

著　者　藤《ふじ》井《い》邦《くに》夫《お》
発行者　大沼貴之
発行所　株式会社　文藝春秋

東京都千代田区紀尾井町 3-23　〒102-8008
TEL　03・3265・1211(代)
文藝春秋ホームページ　http://www.bunshun.co.jp

落丁、乱丁本は、お手数ですが小社製作部宛お送り下さい。送料小社負担でお取替致します。

印刷製本・大日本印刷

Printed in Japan
ISBN978-4-16-792273-3

文春文庫　藤井邦夫の本

（　）内は解説者。品切の節はご容赦下さい。

藤井邦夫
恋女房
新・秋山久蔵御用控（一）
〝剃刀〟の異名を持つ南町奉行所吟味方与力・秋山久蔵が帰ってきた！　嫡男・大助が成長し、新たな手下も加わってスケールアップした、人気シリーズの第二幕が堂々スタート！
ふ-30-36

藤井邦夫
騙り屋《かたりや》
新・秋山久蔵御用控（二）
可愛がっている孫に泣きつかれた呉服屋の隠居が金を用立ててやると、実はそれは騙りだった。どうやら年寄り相手に騙りを働く一味がいるらしい。久蔵たちは悪党どもを追い詰める！
ふ-30-37

藤井邦夫
裏切り
新・秋山久蔵御用控（三）
大工と夫婦約束をしていた仲居が己の痕跡を何も残さず姿を消した。太市は大工とともに女の行方を追い見つけたかに思えたが、彼女は見向きもしない。久蔵はある可能性に気づく。
ふ-30-38

藤井邦夫
返討ち
新・秋山久蔵御用控（四）
武家の妻女ふうの女が、名前も家もわからない状態で寺に保護されたが、すぐに姿を消した。女は記憶がない〝ふり〟をしているのではないか――。女の正体、そして目的は何なのか？
ふ-30-39

藤井邦夫
新参者
新・秋山久蔵御用控（五）
旗本を訪ねた帰りに柳河藩士が斬殺された。物盗りの仕業ではなく辻斬りか遺恨と思われた。だが藩では事件を闇に葬ろうとしている。はたして下手人は誰か、そして柳河藩の思惑は？
ふ-30-40

藤井邦夫
忍び恋
新・秋山久蔵御用控（六）
四年前に起きた賭場荒しの件で、江戸から逃げた主犯の浪人がどうやら戻ってきたらしい。しかも、浪人を追う男の影もちらついて……。久蔵の正義が運命を変える？　シリーズ第六弾。
ふ-30-41

藤井邦夫
小糠雨
新・秋山久蔵御用控（七）
町医者と医生の二人が斬殺された。南町奉行所吟味方与力の秋山久蔵は早速、手下に探索を命じるが、事件は久蔵のある過去の出来事と繋がっていて――。大好評シリーズ第七弾。
ふ-30-42

（　）内は解説者。品切の節はご容赦下さい。

藤井邦夫
偽久蔵
新・秋山久蔵御用控（八）
南町奉行所吟味方与力の秋山久蔵の名を騙り、谷中の賭場で貸元から始末金を奪った男が現れた。男は次々と悪事を働き始めるが……。偽者の目的とその正体とは？　シリーズ第八弾。
ふ-30-43

藤井邦夫
紙風船
新・秋山久蔵御用控（九）
ある年増の女が、一膳飯屋『丼屋』の老主人を人質にし、立て籠りを行なったらしい。報せを聞き、現場に駆け付けた秋山久蔵は、女の要求に不審な点を感じる……。シリーズ第九弾。
ふ-30-44

藤井邦夫
隠れ蓑
新・秋山久蔵御用控（十）
二人の浪人を殺害し、江戸から逃げた指物師の男が戻って来た。秋山久蔵は早速探索を命じる。何故、江戸に現れたのか？　罪を犯してでも守りたかったものとは？　シリーズ第十弾。
ふ-30-45

藤井邦夫
残り香
新・秋山久蔵御用控（十一）
秋山久蔵の首を獲った者に賞金二十五両が懸けられた。これまで捕えてきた悪党たちの恨みなのか？　久蔵は早速手下に命じ、その真相を追うことに――。大好評シリーズ第十一弾。
ふ-30-46

藤井邦夫
凶状持
新・秋山久蔵御用控（十二）
五年前、博奕打ちの貸元を殺して逃げた伊佐吉が、江戸に戻ってきたらしい。危険を顧みず男は何故戻ってきたのか？　久蔵が探索を始めるとどうやら女の影が……。シリーズ第十二弾。
ふ-30-47

藤井邦夫
雨宿り
新・秋山久蔵御用控（十三）
入谷で金治という遊び人が斬り殺された。久蔵はその殺しの手口から、十年前に対峙したある男のことを思い出す。そんな折、その男の妻が久蔵の前に現れて……。シリーズ第十三弾。
ふ-30-48

藤井邦夫
朴念仁
新・秋山久蔵御用控（十四）
秋山久蔵の息子、大助の着物の袂に、助けを乞う結び文が入れられた。女文字の走り書きにまったく身に覚えのない大助だが、久蔵は不審なものを感じ探索を命じる。シリーズ第十四弾。
ふ-30-49

（　）内は解説者。品切の節はご容赦下さい。

池波正太郎
鬼平犯科帳　決定版（一）
人気絶大シリーズがより読みやすい決定版で登場。「唖の十蔵」「本所・桜屋敷」「血頭の丹兵衛」「浅草・御厩河岸」「老盗の夢」「暗剣白梅香」「座頭と猿」「むかしの女」を収録。（植草甚一）
い-4-101

池波正太郎
鬼平犯科帳　決定版（二）
長谷川平蔵の魅力あふれるロングセラーシリーズがより大きな文字の決定版で登場。「蛇の眼」「谷中・いろは茶屋」「女掏摸お富」「妖盗葵小僧」「密偵」「お雪の乳房」「埋蔵金千両」を収録。

い-4-102

池波正太郎
鬼平犯科帳　決定版（三）
大人気シリーズの決定版。「麻布ねずみ坂」「盗法秘伝」「艶婦の毒」「兇剣」「駿州・宇津谷峠」「むかしの男」を収録。巻末の著者による解説・長谷川平蔵（「あとがきに代えて」）は必読。

い-4-103

池波正太郎
鬼平犯科帳　決定版（四）
色褪せぬ魅力「鬼平」が、より読みやすい決定版で登場。「霧の七郎」「五年目の客」「密通」「血闘」「あばたの新助」「おみね徳次郎」「敵」「夜鷹殺し」の八篇を収録。（佐藤隆介）
い-4-104

池波正太郎
鬼平犯科帳　決定版（五）
繰り返し読みたい、と人気絶大の「鬼平シリーズ」をより読みやすくした決定版。「深川・千鳥橋」「乞食坊主」「女賊」「おしゃべり源八」「兇賊」「山吹屋お勝」「鈍牛」の七篇を収録。

い-4-105

池波正太郎
鬼平犯科帳　決定版（六）
ますます快調、シリーズ屈指の名作揃いの第六巻。「礼金二百両」「猫じゃらしの女」「剣客」「狐火」「大川の隠居」「盗賊人相書」「のっそり医者」の全七篇を収録。

い-4-106

池波正太郎
鬼平犯科帳　決定版（七）
鬼平の魅力から脱け出せなくなる第七巻。「雨乞い庄右衛門」「隠居金七百両」「はさみ撃ち」「掻掘のおけい」「泥鰌の和助始末」「寒月六間堀」「盗賊婚礼」の全七篇。（中島　梓）
い-4-107

文春文庫　最新刊

透明な螺旋　東野圭吾
誰も知らなかった湯川《ガリレオ》の真実！　シリーズ最大の衝撃作

香君　1・2　西から来た少女　上橋菜穂子
植物や昆虫の世界を香りで感じる15歳の少女は帝都へ

ペットショップ無惨　池袋ウエストゲートパークXⅧ　石田衣良
「かわいい」のすべてを金に換える悪徳業者…第18弾！

ショートケーキ。　坂木司
日常を特別にしてくれる、ショートケーキをめぐる物語

絵草紙　新・秋山久蔵御用控（二十）　藤井邦夫
正義の漢・久蔵の粋な人情裁きを描くシリーズ第20弾！

孤剣の涯て　木下昌輝
徳川家康を呪う正体不明の呪詛者を宮本武蔵が追うが…

アキレウスの背中　長浦京
警察庁特別チームと国際テロリストの壮絶な戦いを描く

Phantom　ファントム　羽田圭介
未来を案じ株取引にのめり込む華美。現代人の葛藤を描く

夏のカレー　現代の短篇小説ベストコレクション2024　日本文藝家協会編
人気作家陣による'23年のベスト短篇をぎゅっと一冊に！

エイレングラフ弁護士の事件簿　ローレンス・ブロック　田村義進訳
E・クイーンも太鼓判。不敗の弁護士を描く名短篇集

コロラド・キッド　他二篇　スティーヴン・キング　高山真由美・白石朗訳
海辺に出現した死体の謎。表題作ほか二篇収録の中篇集